明白了

梁晓声 著

北京联合出版公司
Beijing United Publishing Co.,Ltd.

生活的大多时侯，我们应该自己拯救自己。

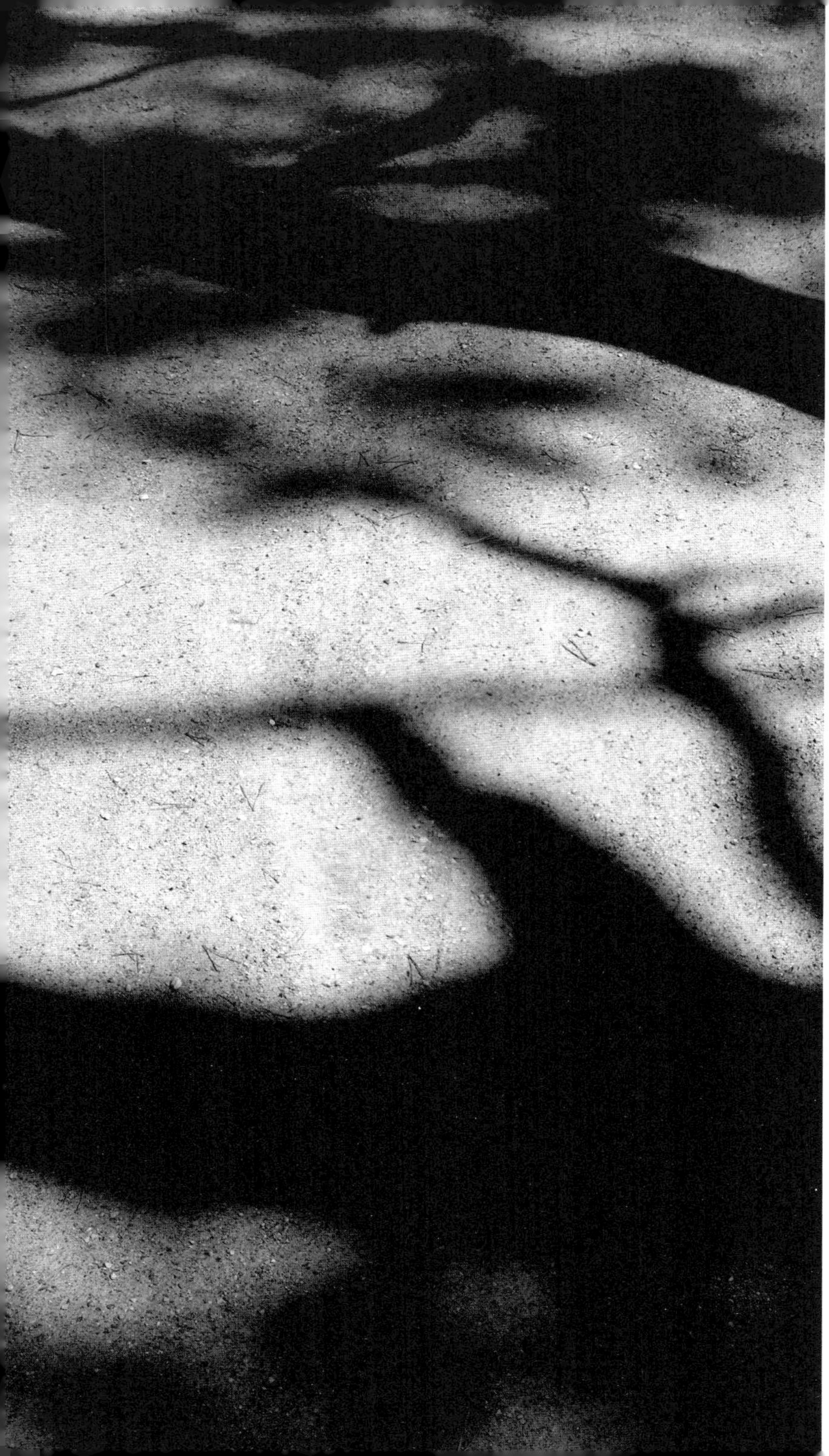

—自序—

人 生 真 相

　　仅仅为了生存而被自己根本不愿做的事情牢牢粘住一生的人越来越少；每一个人只要努力做好自己必须做的事情，只要自己愿意做的事情不脱离实际，终将有机会满足一下或间接满足一下自己的"愿意"。

　　人活着就得做事情。

　　古今中外，无一人活着而居然可以不做什么事情。连婴儿也不例外。吮奶便是婴儿所做的事情，不许他做他便哭闹不休，许他做了他便乖而安静。广论之，连蚊子也要做事：吸血。连蚯蚓也要做事：钻地。

　　一个人一生所做之事，可以从许多方面来归纳——比如善事恶事，好事坏事，雅事俗事，大事小事……

　　世上一切人之一生所做的事情，也可用更简单的方式加以区分，那就无外乎——愿意做的、必须做的、不愿意做的。

古今中外，上下数千年，任何一个曾活过的人，正活着的人的一生，皆交叉记录着自己愿意做的事情、必须做的事情、不愿意做的事情。即将出生的人的一生，注定了也还是如此这般。

细细想来，古今中外，一生仅做自己愿意做的事情，但凡不愿意做的事情可以一概不做的人，极少极少。大约，根本没有过吧？从前的国王皇帝们还要上朝议政呢，那不见得是他们天天都愿意做的事。

有些人却一生都在做着自己不愿意做的事情。比如他或她的职业绝不是自己愿意的，但若改变却千难万难，"难于上青天"。不说古代，不论外国，仅在中国，仅在二十几年前，这样一些终生无奈的人比比皆是。

而我们大多数人的一生，其实只不过都在整日做着自己必须做的事情。日复一日，渐渐地，我们对我们那么愿意做，曾特别向往去做的事情漠然了。甚至，连想也不去想了。仿佛我们的头脑之中对那些曾特别向往去做的事情，从来也没产生过试图一做的欲念似的。即使那些事情做起来并不需要什么望洋兴叹的资格和资本。日复一日地，渐渐地，我们变成了一些生命流程，仅仅被必须做的、杂七杂八的事情注入得满满的人。我们只祈祷我们千万别被自己不愿意做的事情粘住了。果而如祈，我们则已谢天谢地，大觉幸运了，甚至会觉得顺顺当当地过了挺好的一生。

我想，这乃是所谓人生的真相之一吧！一生仅做自己愿意做的事情，凡不愿意做的事情可以一概不做的人，我们就不必太羡慕了吧！衰老、生病、死亡，这些事任谁都是躲不过的。生病就得住院，住院就得接受治疗。治疗不仅是医生的事情，也是需要病人配合着做的事情。某些治疗的漫长阶段比某些病本身更痛苦。于是人最不愿意做的事情，一下子成了自己必须做的事情。到后来为了生命，最不愿做的事情不但变成了必须做的事情，而且变成了最愿做好的事情。倒是唯恐别人认为自己做得不够好进而不愿意在自己的努力配合之下尽职尽责了。

我们且不说那些一生被自己不愿做的事情牢牢粘住、百般无奈的人了吧！他们也未必注定了全没他们的幸运。比如他们中有人一听做胃镜检查这件事就脸色大变，竟幸运地有一个从未疼过的胃，一生连粒胃药也没吃过。比如他们中有人一听动手术就心惊胆战，竟幸运地一生也没躺上过手术台。比如他们中有人最怕死得艰难，竟幸运地死得很安详，一点儿痛苦也没经受，忽然地就死了，或死在熟睡之中，有的死前还哼着歌洗了人生的最后一次热水澡，且换上了一套新的睡衣……

我们还是了解一下我们自己，亦即这世界上大多数人的人生真相吧！

我们必须做的事情，首先是那些意味着我们人生支点的事情。我们一旦连这些事情也不做，或做得不努力，我们的人生就失去了稳定性，甚而不能延续下去。比如我们每人总得有一份工作，总得有一份收入。于是有单位的人总得天天上班；自由职业者不能太随性，该勤奋之时就得自己要求自己孜孜不倦。这世界上极少数的人之所以是幸运的，幸运就幸运在——必须做的事情恰也同时是自己愿意做的事情。大多数人无此幸运。大多数人有了一份工作有了一份收入就已然不错。在就业机会竞争激烈的时代，纵然非是自己愿意做的事情，也得当成一种低质量的幸运来看待。即使打算摆脱，也无不掂量再三，思前虑后，犹犹豫豫。

因为对于我们大多数人而言，我们整日必须做的事情，往往不仅关乎着我们自己的人生，也关乎着种种的责任和义务。比如父母对子女的，夫妻双方的，长子长女对弟弟妹妹的，等等。这些责任和义务，使那些我们寻常之人整日必须做的事情具有了超乎于愿意不愿意之上的性质，并随之具有了特殊的意义。这一种特殊的意义，纵然不比那些我们愿意做的事情对于我们自己更快乐，也比那些事情显得更重要，更值得。

我们做我们必须做的事情，有时恰恰是为了有朝一日可以无忧无虑地做我们愿意做的事情。普遍的规律也大抵如此。一些人勤勤恳恳地做他们必须做的事情，数年如一日，甚至十几年二十几年如一日，人生终于柳暗花明，终于得以有条件去做自己愿意做的事情了。其条件当然首先是自己为自己创造的。这当然得有这样的前提——自己所愿意做的事情，自己一直惦记在心，一直向往着去做，一直并没泯灭了念头……

我们做我们必须做的事情，有时恰恰不是为了有朝一日可以无忧无虑地做我们愿意做的事情。我们往往已看得分明，我们愿意做的事情，并不由于我们将我们必须做的事做得多么努力做得多么无可指责而离我们近了；相反，却日复一日地，渐渐地离我们远了，成了注定与我们的人生错过的事情。不管我们一直怎样惦记在心，一直怎样向往着去做。但我们仍那么努力那么无可指责地做着我们必须做的事情，为了什么呢？为了下一代，为了下一代得以最大限度地做他们和她们愿意做的事；为了他们和她们愿意做的事不再完全被动地与自己的人生眼睁睁错过；为了他们和她们，具有最大的人生能动性，不被那些自己根本不愿意做的事粘住，进而具有最大的人生能动性，使自己必须做的事与自己愿意做的事协调地相一致起来，起码部分地相一致起来。起码不重蹈我们自己人生的覆辙，因为整日陷于必须做的事而彻底断送了试图一做自己愿意做的事情的条件和机会。

社会是赖于上一代如此这般的牺牲精神而进步的。

下一代人也是赖于上一代人如此这般的牺牲精神而大受其益的。

有些父母为什么宁肯自己坚持着去干体力难支的繁重劳动，或退休以后也还要无怨无悔地去做一份收入极低微的工作呢？为了子女们能够接受高等教育，能够从而使子女们的人生顺利地靠近他们愿意做的事情。

"可怜天下父母心"一句话，在这一点上，实在是应该改成"可敬天下父母心"的。而子女们倘竟不能理解此点，则实在是可悲可叹啊。

最令人同情的是这样一些人——他们终于像放下沉重的十字架一样，摆脱了自己必须做甚而不愿意做却做了几乎整整一生的事情；终于有一天长舒一口气自己对自己说——现在，我可要去做我愿意做的事情了。那事情也许只不过是回老家看看，或到某地去旅游，甚或，只不过是坐一次飞机，乘一次海船……而死神却突然来牵他或她的手了……

所以，我对出身贫寒的青年们进一言，倘有了能力，先不必只一件件去做自己愿意做的事情。要想一想，自己怎么就有了这样的能力？完全靠的自己？含辛茹苦的父母做了哪些牺牲？并且要及时地问："爸爸妈妈，你们一生最愿意做的事情是些什么事情？咱们现在就做那样的事情！为了你们心里的那一份长久的期望……"

我的一位当了经理的青年朋友就这样问过自己的父母，在今年的春节前——而他的父母吞吞吐吐说出来的是，他们想离开城市重温几天小时候的农村生活。

当儿子的大为诧异：那我带着公司员工去农村玩过几次了，你们怎么不提出来呢？

父母道：我们两个老人，慢慢腾腾的，跟了去还不拖累你玩不快活呀！

当儿子的不禁默想，进而戚然。

春节期间，他坚决地回绝了一切应酬，是陪父母在京郊农村度过的……

我们憧憬的理想社会是这样的：仅仅为了生存而被自己根本不愿做的事情牢牢粘住一生的人越来越少；每一个人只要努力做好自己必须做的事情，只要自己愿意做的事情不脱离实际，终将有机会满足一下或间接满足一下自己的"愿意"。

据我分析，大多数人愿意做的事情，其实还都是一些不失自知之明的事情。

时代毕竟进步了。

标志之一也是——活得不失自知之明的人越来越多而非越来越少了。

尽管我们大多数人依然还都在做着我们整日必须做的事情，但这些事情随着时代的进步，与我们的人生的关系已变得越来越灵活、越来越宽松，使我们开始有相对自主的时间和精力顾及我们愿意做的事情，不使成为泡影。重要的倒是，我们自己是否还像从前那么全凭必须这一种惯性活着……

我们都知道的，金钱除了不能解决生死问题，除了不能一向成功地收买法律，几乎可以解决至少可以淡化人面临的许许多多困扰。

我们大多数世人，或更具体地说——百分之九十甚至百分之九十五以上的世人，与金钱到底是一种什么样的关系呢？我的意思是在说，或者是在问，或者仅仅是在想——那种关系果真像我们人类的文化和对自身的认识经验所记录的那样，竟是贪而无足的吗？

我感觉到这样的一种情况——即在我们人类的文化和对自身认识的经验中，教诲我们人类应对金钱持怎样的态度和理念，是由来久矣并且多而又多的；但分析和研究我们与金钱之关系的真相的思想成果，却很少很少。似乎我们人类与金钱的关系，仅仅是由我们应对金钱持怎样的态度来决定的。似乎只要我们接受了某种对金钱的正确的理念，金钱对我们就是无足轻重的东西了，对我们就会完全丧失吸引力了。

在我们人类与金钱的关系中，某种假设正确的理念，真的能起特别重要的作用吗？果真那样，思想岂不简直万能了吗？

在全世界，在人类的古代，金即是钱，即是通用币，即是永恒的财富。百锭之金往往意味着佳食锦衣、唤奴使婢的生活。所有富人的日子一旦受到威胁，首先将金物及价值接近着金的珠宝埋藏起来。所以直到现在，虽然普遍之人的日常生活早已不受金的影响，在谈论钱的时候，却仍习惯于二字合并。

在今天，"文化"已是一个泡沫化了的词，已是一个被泛淡得失去了"本身义"并被无限"引申义"了的词。不是一切有历史的事物都能顺理成章地构成一种文化。事物仅仅有历史，只不过是历史悠久的事物。纵然在那悠久的历史中事物一再地演变过，其演变的过程也不足以自然而然地构成一种文化。

只有我们人类对某一事物积累了一定量的思想认识，并且传承以文字的记载，并且在大文化系统之中占据特殊的意义，某一事物才算是一种文化"化"了的事物。

这是我的个人观点。而即使此观点特别容易引起争议，我们若以此观点来谈论金钱，并且首先从"金钱文化"说起，大约是不会错到哪里去的。

外国和中国的一切古典思想家，有一位算一位，哪一位不曾谈论过人与金钱的关系呢？可以这么认为，自从金钱开始介入我们人类的生存形态那一天起，人类的头脑便开始产生着对于金钱的思想或曰意识形态了。它们一而再、再而三地呈现在童话、神话、民间文学、士人文学、戏剧以及后来的影视作品和大众传媒里。它们的全部的教诲，一言以蔽之，用教义最浅白的"济公活佛圣训"中的一句话来概括那就是——"死后一文带不去，一旦无常万事休"。

数千年以来，"金钱文化"对人类的这种教诲的初衷几乎不曾丝毫改变过，可谓谆谆复谆谆，用心良苦。只有在现当代的经济学理论成果中，才偶尔涉及我们人类与金钱之关系的真相，却也只是几笔带过，点到为止。

那真相我以为便是——其实我们人类之大多数对金钱所持的态度，非但不像"金钱文化"从来渲染的那样一味贪婪，细分析，简直还相当理性，相当朴素，相当有度。

奴隶追求的是自由。

诗人追求的是传世。

科学家追求的是成果。

文艺家追求的是经典。

史学家追求的是真实。

思想家追求的是影响。

政治家追求的是稳定……

而小百姓追求的只不过是丰衣足食、无病无灾、无忧无虑的小康生活罢了。倘是工人，无非希望企业兴旺，从而确保自己的收入养家度日不成问题；倘是农民，无非希望风调雨顺，亩产高一点儿，售出容易点儿；倘是小商小贩，无非希望有个长久的摊位，税种合理，不积货，薄利多销……

如此看来，大多数世人虽然每天都生活在这个由金钱所推转着的世界上，每一个日子都离不开金钱这一种东西，甚而我们的双手每天都至少点数过一次金钱，我们的心里每天都至少盘算过一次金钱，但并不因而都梦想着有朝一日成为富豪或资本家，银行账户上存着千万亿万，于是大过奢侈的生活，于是认为奢侈高贵便是幸福……

真的。细分析，我确确实实地觉得，人类的大多数对金钱所持的态度，从过去到现在甚至包括将来，其实一向是很健康的。

一直不健康的或温和一点儿说不怎么健康的，恰恰是"金钱文化"本身。这一种文化几乎每天都干扰我们对这个世界的正常视听要求和愿望，似乎企图使我们彻底地变成仅此一种文化的受众，从而使其本身变成摇钱树。这一种文化的一个显著的特征就是——当其在表现人的时候几乎永远只有一个角度，无非人和金钱的关系，再加点性和权谋。它的模式是——"那公司那经理那女人，和那一大笔钱"。

我们大多数世人每天受着这一种文化的污染，而我们对金钱的态度仍相当理性，相当朴素，相当有度。我简直不能不这样赞叹——大多数世人活得真是难能可贵！

再细加分析，具体的一个人，无论男女，无论有一个穷爸爸还是富爸爸，其一生皆大致可分为如下阶段：

童年——以亲情满足为最大满足的阶段。

少年——以自尊满足为最大满足的阶段。

青年——以爱情满足为最大满足的阶段。

中年前期——以事业满足为最大满足的阶段。

中年后期——以金钱满足为最大也许还是最后满足的阶段。

老年前期——以自尊满足为最大满足的阶段。

老年后期——以亲情满足为最大满足的阶段……

大多数人大抵如此，少数人不在其列。

人，尤其男人，在中年后期，往往会与金钱发生撕扯不开的纠缠关系。这乃因为——他在爱情和事业两方面，可能有一方面忽然感到是失败的，甚或两方面都感到是失败的、沮丧的。也许那是一个事实，也许仅仅是他自己误入了什么迷津；还因为中年后期的男人，是家庭责任压力最大的人生阶段，缓解那压力仅靠个人作为已觉力不从心，于是意识里生出对金钱的幻想。我们都知道的，金钱除了不能解决生死问题，除了不能一向成功地收买法律，几乎可以解决至少可以淡化人面临的许许多多困扰。但普遍而言，中年后期的男人已具有与其年龄相一致的理性了。他们对金钱的幻想仅仅是幻想罢了。并且，这幻想折叠在内心里，往往是不说道的。某些男人在中年后期又有事业的新篇章和爱情的新情节，则他们便也不会把金钱看得过重。

在经济发达的国家，人们的追求，包括对人生享受的追求，往往呈现着与金钱没有直接关系的现象。"金钱文化"在那些国家里也许照旧地花样翻新，但对人们的意识已经不足以构成深刻的重要的影响。我们留心一下便不难得出这样的结论——那些国家的文化的文艺的和传媒的主流内容往往是关于爱、生、死、家庭伦理和人类道德趋向以及人类大命运的。或者，纯粹是娱乐的。

因为在那些国家里，中产阶级生活已经是不难实现的。

而中产阶级，乃是一个与金钱的关系最自然、最得体、最有分寸的阶级。

在经济落后的国家，反而人们普遍不太产生对金钱的强烈又痛苦的幻想。因为那接近着是梦想。他们对金钱的愿望是由自己限制得很低很低的，于是金钱反而最容易成为带给他们满足的东西。

在发展中国家，特别在由经济落后国家向经济振兴国家迅速过渡的国家，其文化随之嬗变的一个显著事实那就是——"金钱文化"同步迅速繁衍和对大文化系统的蚕食，和对人们日常生活的方方面面的几乎无孔不入的侵略式影响。人面对之，要么采取个人式的抵御姿态；要么接受它的冲击式的洗脑，最终变得有点儿像金钱崇拜者了。在这样的国家这样的时代，充斥于文化、文艺和媒体的经常的主要的内容，往往是关于金钱这一种东西的。在这样的国家这样的时代，文化和文艺往往几乎已经丧失掉了向人们讲述一个纯粹的、与金钱不发生瓜葛的爱情故事的能力。因为这样的爱情故事已不合人们的胃口，或曰已不合时宜，被认为浅薄了。于是通俗歌曲异军突起，将文化和文艺丧失了的元素吸收去变成为自身存在的养分。通俗歌曲的受众是青少年，是以对爱情的向往为向往，以对爱情的满足为满足的群体。他们沉湎于通俗歌曲为之编织的爱情帷幄中，就其潜意识而言，往往意味着不愿长大，逃避长大——因为长大后，将不得不面对金钱的左右和困扰。

在这样的国家这样的时代，贫富迅速分化，差距迅速悬殊，人对金钱的基本需求和底线一番番被刷新。相对于有些人，那底线不断地不明智地一次次攀升；相对于另一些人，那底线不断地不得已地一次次跌降。前者往往可能由于不能居住于富人区而混乱了人与金钱的关系；后者则往往可能由于连生存都无法为继而产生了人对金钱的偏执理解。

归根结底，不是人的错，更不是时代的错，也当然不是金钱的错，而只不过是——在特殊的历史阶段，人和金钱贴紧于同一段社会通道之中了。当同时钻出以后，人和金钱两种本质上不同的东西（姑且也将人叫作东西吧），又会分开来，保持必要的距离，仅在最日常的情况之下发生最日常的"亲密接触"。

那时，大多数人就可以这样诚实又平淡地说了：金钱吗？它不是唯一使我万分激动的东西，也不是唯一使我惴惴不安的东西，更不是我人生中唯一重要的东西。我必须有足够花用的金钱，而我的情况正是这样。

归根结底，爱国主义——正是由这一种人对金钱相当理性，相当朴素，相当有度，因而相当良好的感觉来决定的。

哪一个国家使它的人民与金钱的关系如此这般着了，它的人民便几乎无须被教导，自然而然地爱着他们的国了……

目录

第
一
章

最能打动我的，
一直是普通人的
孤勇

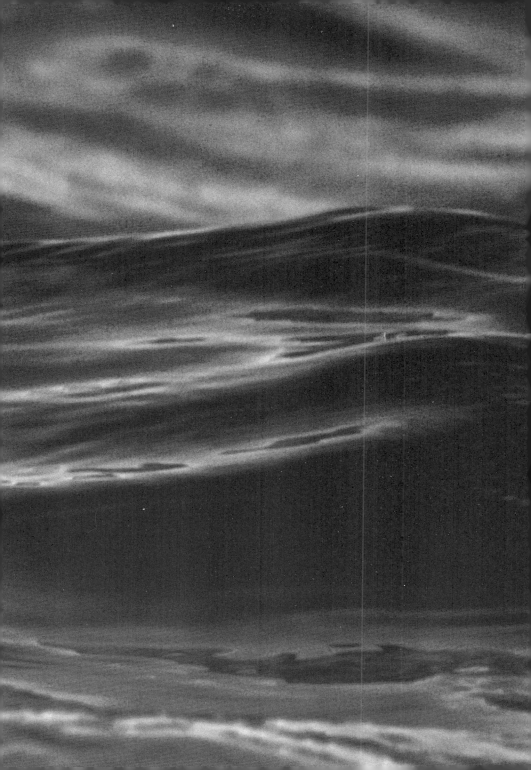

人的一生，
好比流水可以甘，
不可以浊。

————

梁晓声

第一章　最能打动我的，一直是普通人的孤勇

要锲而不舍地，真诚地，有说服力地来肯定普通人、平凡者的社会存在作用。

如何面对困境

小蕙：

你来信命我谈谈对人生"逆境"所持的态度，这就迫使我不得不回顾自己匆匆活到四十七岁的半截人生。结果，我竟没把握判断，自己是否真的遭遇过什么所谓人生的"逆境"？

我曾不止一次被请到大学去，对大学生谈"人生"，仿佛我是一位相当有资格大谈此命题的作家。而我总是一再地推托，声明我的人生至今为止，实在是平淡得很，平常得很，既无浪漫，也无苦难，更无任何传奇色彩。对方却往往会说，你经历过"三年自然灾害"时期，经历过"文革"，经历过"上山下乡"，怎可说没什么谈的呢？其实这是几乎整整一代人的大致相同的人生经历，个体的我，摆放在总体中看，真是丝毫也不足为奇的。

比如我小的时候家里很穷，从懂事起至下乡为止，没穿过几次新衣服。小学六年，年年是"免费生"。初中三年，每个学期都享受二级"助学金"。初三了，自尊心很强了，却常从收破烂的邻居的破烂筐里翻找鞋穿，哪怕颜色不同，样式不同，都是左脚鞋或都是右脚鞋，在买不起鞋穿的无奈情况下，也就只好胡乱穿了去上学……

有时我自己回想起来，以为便是"逆境"了。后来我推翻了自己的以为，因在当年，我周围皆是一片贫困。

倘说贫困毫无疑问是一种人生"逆境"，那么我倒可以大言不惭地说，我对贫困，自小便有一种积极主动的、努力使自己和家人在贫困之中也尽量生活得好一点儿的本能。我小学五六年级就开始粉刷房屋了。初中的我，已不但是一个出色的粉刷工，而且是一个很棒的泥瓦匠了。炉子、火墙、火炕，都是我率领着弟弟们每年拆了砌，砌了拆，越砌越好。没有砖，就推着小车到建筑工地去捡碎砖。我家住的，在"大跃进"年代由临时女工们几天内突击盖起来的房子，幸亏有我当年从里到外地一年多次的维修，才一年年仍可住下去。我家几乎每年粉刷一次，甚至两次，而且要喷出花儿或图案，你知道一种水纹式的墙围图案如何产生吗？说来简单——将石灰浆兑好了颜色，再将一条抹布拧成麻花状，沾了石灰浆往墙上依序列滚动，那是我当年的发明。每次，双手被石灰浆所烧，几个月后方能蜕尽皮。在哈尔滨那一条当年极脏的小街上，在我们那个大杂院里，我家门上，却常贴着"卫生红旗"。每年春节，同院儿的大人孩子，都羡慕我家屋子粉刷得那么白，有那么不可思议的图案。那不是欢乐是什么呢？不是幸福感又是什么呢？

下乡后，我从未产生跑回城里的念头。跑回城里又怎样呢？没工作，让父母和弟弟妹妹也替自己发愁吗？自从我当上了小学教师，我曾想，如果我将来落户了，我家的小泥房是盖在村东头还是村西头呢？哪一个女知青愿意爱我这个全没了返城门路打算落户于北大荒的穷家小子呢？如果连不漂亮的女知青竟也没有肯做我妻子的，那么就让我去追求一个当地人的女儿吧！

面对所谓命运，我从少年时起，就是一个极冷静的现实主义者。我对人生的憧憬，目标从来定得很近很近，很低很低，很现实很现实。想象有时也是爱想象的，但那也只不过是一种早期的精神上的"创作活动"，一扭头就会面对现实，做好自己在现实中首先最该做好的事，哪怕是在别人看来最乏味最不值得认真对待的事。

后来我调到了团宣传股。这是我人生中的第一次"上升阶段"。再后来我又被从团机关"精简"了，实际上是一种惩罚，因为我对某些团首长缺乏敬意，还因为我同情一个在看病期间跑回城市探家的知青。于是我被贬到木材加工厂抬大木。

那是一次从"上升阶段"的直接"沦落",连原先的小学教师都当不成了,于是似乎真的体会到了身处"逆境"的滋味儿,于是也就只有咬紧牙关忍。如今想来,那似乎也不能算是"逆境",因为在我之前,许多男知青,已然在木材厂抬着木头了,抬了好几年了。别的知青抬得,我为什么抬不得?为什么我抬了,就一定是"逆境"呢?

后来我被推荐上了大学。我的人生不但又"上升"了,而且"飞跃"了,成了几十万知青中的幸运者。

在大学我因议论"四人帮",成为上了"另册"的学生。又因一张汇单,遭几名同学合谋陷害,几乎被视为变相的贼。那些日子,当然也是谈不上"逆境"的,只不过不顺遂罢了。而我的态度是该硬就硬,毕不了业就毕不了业,回北大荒就回北大荒。一次,因我说了一句对"四人帮"不敬的话,一名同学指着我道:"你再重复一遍!"我就当众又重复了一遍,并将从兵团带去的一柄匕首往桌上一插,大声说:"你他妈的可以去汇报!不会判我死刑吧?只要我活着,我出狱那一天,你的不安定的日子就来了!无论你分配到哪儿,我都会去找到你,杀了你!看清楚了,就用这把匕首!"

那事儿竟无人敢去汇报。
毕业时我的鉴定中多了一条别的同学所没有的——"与'四

人帮'作过斗争"。想想怪可笑的，也不过就是一名青年学生对"四人帮"的倒行逆施说了些激愤的话罢了。但当年我更主要的策略是逃，一有机会，就离开学校，暂时摆脱心理上的压迫，甚至在一个上海知青的姨妈家，在上海郊区一个叫朱家桥的小镇上，一住就是几个星期……

这些都是一个幸运者当年的不顺遂，尽管也埋伏着人生的凶险，但都非大凶险，可以凭了自己的策略对付的小凶险而已。

一名高干子弟，我的一名知青战友，曾将他当年的日记给我看，他下乡第二年就参军去了，在北戴河当后勤兵，喂猪。他的日记中，满是"逆境"中人如坠无边苦海的"磨难经"——而当年在别的同代人看来，成了一名光荣的解放军战士，又是何等幸运何等梦寐以求的事啊！

鲁迅先生曾经说过家道中落之人更能体会世态炎凉的话。我以为，于所谓的"逆境"而言，也似乎只有某些曾万般顺遂、仿佛前程锦绣之人，一朝突然跌落在厄运中，于懵懂后所深深体会的感受，以及所调整的人生态度，才更是经验吧？好比公子一旦落难，便有了戏有了书。而一个诞生于穷乡僻壤的人，于贫困之中呱呱坠地，直至于贫困之中死去，在他临死之前问他关于"逆境"的体会及思想，他倒极可能困惑不知所答呢！

　　至于我，回顾过去，的确仅有些人生路上的小小不顺遂而已。实在是不敢妄谈"逆境"。而如今对于人生的态度，是比青少年时期更现实主义了。若我患病，就会想，许多人都患病的，凭什么我例外？若我生癌，也会想，不少杰出的人都不幸生了癌，凭什么上帝非呵护于我？若我惨遭车祸，会想，车祸几乎是每天发生的。总之我以后的生命，无论这样或那样了，都不再会认为自己是多么地不幸了。知道了许许多多别人命运的大跌宕、大苦难、大绝望、大抗争，我常想，若将不顺遂也当成"逆境"去谈，只怕是活得太矫情了呢！……

一个加班青年的明天

我因为要写一份关于中国《劳动法》在现实生活中被遵守情况的调研报告，结识了某些在公司上班的青年——有国企公司的，有民营公司的；有大公司的，有小公司的。

张宏是一家较大民营公司的员工，项目开发部小组长。男，二十七岁，还没对象，外省人，毕业于北京某大学，专业是三维设计。毕业后留京，加入了"三无"大军——无户口、无亲戚、无稳定住处。已"跳槽"三次，在目前的公司一年多了，工资涨到了一万三。

他在北京郊区与另外两名"三无"青年合租一套小三居室，每人一间住屋，共用十余平方米的客厅，各交一千元月租。他每天七点必须准时离开住处，骑十几分钟共享单车至地铁站，在地铁内倒一次车，进城后再骑二十几分钟共享单车。如果顺利，九点前能赶到公司，刷上卡。公司明文规定，迟到一分钟也算迟到。迟到就要扣奖金，打卡机六亲不认。他说自从到这家公司后，从没迟到过，能当上小组长，除了专业能力强，与从不迟到不无关系。公司为了扩大业务范围和知名度，经常搞文化公益讲座——他联络和协调能力也较强，一搞活动，就被借到活动组了。也因此，我认识了他。他也就经常成为我调研的采访对象，回答我的问题。

我曾问他对现在的工作满意不满意。他说挺知足。

每月能攒下多少钱？

他如实告诉我——父母身体不好，都没到外地打工，在家中务农，土地少，辛苦一年挣不下几多钱。父母还经常生病，如果他不每月往家寄钱，父母就会因钱犯愁。说妹妹在读高中，明年该考大学了，他得为妹妹准备一笔学费。说一万三的工资，去掉房租，扣除"双险"，税后剩七千多了。自己省着花，每月的生活费也要一千多。按月往家里寄两千元，想存点钱，那也不多了。

我很困惑，问他是否打算在北京买房子。他苦笑，说怎么敢有那种想法。

问他希望找到什么样的对象。他又苦笑，说像我这样的，哪个姑娘肯嫁给我呢？

我说你形象不错，收入挺高，愿意嫁给你的姑娘肯定不少啊。他说，您别安慰我了，一无所有，每月才能攒下三四千元，想在北京找到对象是很难的。他发了会儿呆，又说，如果回到本省估计找对象会容易些。

我说，那就考虑回到本省嘛，何必非漂在北京呢？终身大事早点定下来，父母不就早点省心了吗？

他长叹一声，说不是没考虑过。但若回到本省，不管找到的是什么样的工作，工资肯定少一多半。而目前的情况是，他的工资是全家四口的主要收入。父母供他上完大学不容易，他有责任回报家庭。说为了父母和妹妹，个人问题只能先放一边。

沉默片刻，主动又说，看出您刚才的不解了，别以为我花钱大手大脚的，不是那样。我们的工资分两部分，有一部分是绩效工资，年终才发。发多发少，要看加班表现。他说为了获得全额绩效工资，他每年都加班二百多天，往往双休日也自觉加班。一加班，家在北京市区的同事回到家会早点，像他这样住在郊区的，十一点能回到家就算早了。

说全公司还是外地同事多，都希望能在年终拿到全额的绩效工资，无形中就比着加班了，而这正是公司头头们乐见的。他是小组长，更得带头加班。加不加班不只是个人之事，也是全组、全部门的事。哪个组、哪个部门加班的人少、时间短，全组全部门同事的绩效工资都受影响。拖了大家后腿的人，必定受到集体抱怨。对谁的抱怨强烈了，谁不是就没法在公司干下去了吗？

我又困惑了，说加班之事，应以自愿为原则呀。情况特殊，赶任务，偶尔加班不该计较。经常加班，不成了变相延长工时吗？违反《劳动法》啊！

他再次苦笑，说也不能以违反《劳动法》而论，谁都与公司签了合同的。在合同中，绩效工资的文字体现是"年终奖金"。你平时不积极加班，为什么年终非发给你奖金呢？

见我仍不解，他继续说，有些事，不能太较真的。国企也罢，私企也罢，不加班的公司太少了。那样的公司，也不是一般人进得去的呀！

交谈是在我家进行的——他代表公司请我到某大学做两场讲座，而那向来是我甚不情愿的。六十五岁以后的我，越来越喜欢独处。不论讲什么，总之是要做准备的，颇费心思。

见我犹豫不决，他赶紧改口说："讲一次也行。关于文学的，或关于文化的，随便您讲什么，题目您定。"

我也立刻表态："那就只讲一次。"

我之所以违心地答应，完全是由于实在不忍心当面拒绝他。我明白，如果我偏不承诺，他很难向公司交差。

后来我俩开始短信沟通，确定具体时间、讲座内容、接送方式等等。也正是在短信中，我开始称他"宏"，而非"小张"。

我最后给他发的短信是：不必接送，我家离那所大学近，自己打的去回即可。

他回的短信是：绝对不行，明天晚上我准时在您家楼下等。

我拨通他的手机，坚决而大声地说："根本没必要！此事我做主，必须听我的。如果明天你出现在我面前了，我会生气的。"

他那头小声说："老师别急，我听您的，听您的。"

"你在哪儿呢？"

"在公司，加班。"那时九点多了。

我也小声说："明天不是晚上八点做讲座吗？那么你七点下班，就说接我到大学去，但要直接回家，听明白了？"

"明白，谢谢老师关怀。"

结束通话，我陷入了良久的郁闷，一个问号在心头总是挥之不去——广大的年轻人如果不这么上班，梦想难道就实现不了啦？

第二天晚上七点，宏还是出现在我面前了。

坐进他车里后，因为他不听我的话，我很不开心，一言不发。

他说："您不是告诉过我，您是个落伍的人吗？今天晚上多冷啊，万一您在马路边站了很久也拦不到车呢？我不来接您，不是照例得加班吗？"

他的话不是没道理，我不给他脸色看了。

我说："送我到学校后，你回家。难得能早下班一次。干吗不？"

他说："行。"

我说："向我保证。"

他说："我保证。"

我按规定结束了一个半小时的讲座，之后是半小时互动。互动超时了，十点二十才作罢。有些学子要签书，我离开会场时超过十点四十了。

宏没回家。他已约到了一辆车，在会场台阶上等我。

在车里，他说："这地方很难打到车的，如果您是我，您能不等吗？"我说："我没生气。"沉默会儿，又说："我很感动。"

车到我家楼前时，十一点多了。

我很想说："宏，今晚住我家吧。"却没那么说。肯定，说了也白说。

我躺在床上后，忽然想起明天上午有人要来取走调研报告，可有几个问题我还不太清楚，纸上空着行呢，忍不住拿起手机，打算与宏通话。刚拿起，又放下了。估计他还没到家，不忍心向他发问。

第二天上午九点左右，没忍住，拨通了宏的手机。不料宏已在火车上。

"你怎么会在火车上？"我大为诧异。

他说昨天回住处的路上，部门的一位头头儿通告他，必须在今天早上七点赶到火车站，陪头头儿到东北某市去洽谈业务。因为要现场买票，所以得早去。

我说："你没跟头头儿讲，你昨天半夜才到家吗？"

他小声说："老师，不能那么讲的。是公司的临时决定，让我陪着，也是对我的倚重啊。"

他问我有什么"指示"。我说没什么事，只不过昨天见他一脸疲惫，担心他累病了。

他说不会的。自己年轻，再累，只要能好好睡一觉，精力就会恢复的。

又一个明天，晚上十点来钟，他很抱歉地与我通话——请求我，千万不要以他为例，将他告诉我的一些情况写入我的调研报告。

"如果别人猜到了您举的例子是我，非但在这家公司没法工作下去了，以后肯定连找工作都难了……老师，我从没挣到过一万三千多元，虽然包含绩效工资和'双险'，虽然是税前，但我的工资对全家也万分重要啊！"

我说："理解，调研报告还在我手里。"

我问他在哪儿，干什么呢。他说在宾馆房间，得整理出一份关于白天洽谈情况的材料，明天一早发回公司。

这一天的明天，又是晚上十点来钟，接到了他的一条短信——

梁老师，学校根据您的讲座录音打出了一份文稿，传给了我，请将您的邮箱发给我，我初步顺一顺再传给您。他们的校网站要用，希望您同意。

我没邮箱，将儿子的邮箱发给了他，并附了一句话——你别管了，直接传给我吧。

第二天上午十点多钟，再次收到宏的短信——

梁老师，我一到东北就感冒了，昨天夜里发高烧。您的讲座文稿我没顺完，传给公司的一名同事了。她会代我顺完，送您家去，请您过目。您在短信中叫我"宏"，我很开心。您对我的短信称呼，使我觉得自己的名字特有诗意，因而也觉得生活多了种诗意，宏谢谢您了。

我除了回复短信嘱他多多保重，再就词穷了。

几天后，我家来了一位姑娘，是宏的同事，送来我的讲座文稿。因为校方催得急，我在改，她在等。

我见她一脸倦容，随口问："没睡好？"

她窘笑道："昨晚加班，到家快十二点了。"

我心里一阵酸楚，又问："宏怎么样了？"

她反问："宏是谁？"

我说："小张，张宏。"

她同情地说，张宏由于发高烧患上急性肺炎了，偏偏他父亲又病重住院，所以他请长假回农村老家去了……

送走那姑娘不久，宏发来了一条短信——

梁老师，我的情况，估计我同事已告诉您了。我不知自己会在家里住多久，很需要您的帮助，希望您能给我们公司的领导写封信，请他们千万保留我的工作岗位。那一份工作，宏实在是丢不起的。

我默默吸完一支烟，默默坐到了写字桌前……

人生和它的意义

如果一个人只从纯粹自我一方面的感受去追求所谓人生的意义，并且以为唯有这样才会获得最多最大的意义，那么他或她到头来一定所得极少。

确实，我曾多次被问到——"人生有什么意义？"往往，"人生"之后还要加上"究竟"二字。

迄今为止，世上出版过许许多多解答许许多多问题的书籍，证明一直有许许多多的人思考着许许多多的问题。依我想来，在同样许许多多的"世界之最"中，"人生有什么意义"这一个问题，肯定是人的头脑中所产生的最古老、最难以简要回答明白的一个问题吧？而如此这般的一个问题，又简直可以算得上是一个"哥德巴赫猜想"或"相对论"一类的经典问题吧。

动物只有感觉，而人有感受。

动物只有思维，而人有思想。

动物的思维只局限于"现在时",而人的思想往往由"现在时"推测向"将来时"。

我想,"人生有什么意义"这一个问题,从本质上说,是从"现在时"出发对"将来时"的一种叩问,是对自身命运的一种叩问。世界上只有人关心自身的命运问题。"命运"一词,意味着将来怎样。它绝不是一个仅仅反映"现在时"的词。

"人生有什么意义"这一个问题既与人的思想活动有关,那么我们一查人类的思想史便会发现,原来人类早在几千年以前就希望自我解答"人生有什么意义"的问题了。古今中外,解答可谓千般百种,形形色色。似乎关于这一问题,早已无须再问,也早已无须再答了。可许许多多活在"现在时"的人却还是要一问再问,仿佛根本不曾被问过,也根本不曾有谁解答过。

确实,我回答过这一问题。

每次的回答都不尽相同,每次的回答自己都不满意;有时听了的人似乎还挺满意,但是我十分清楚,最迟第二天他们又会不满意。

因为我自己也时常困惑,时常迷惘,时常怀疑,并时常觉出着自己人生的索然。

我想,"人生有什么意义"这一个问题,最初肯定源于人的头脑中的恐惧意识。人一次又一次许多次地目睹从植物到动物甚而到无生命之物的由生到灭由坚到损由盛到衰由有到无,于是心生出惆怅;人一次又一次许多次地眼见同类种种的死亡情形和与亲爱之人的生离死别，于是心生出生命无常人生苦短的感伤以及对死的本能恐惧——于是"人生有什么意义"的沮丧油然产生。在古代，这体现于一种对于生命脆弱性的恐惧。"老汉活到六十八，好比路旁草一棵；过了今年秋八月，不知来年活不活。"从前，人活七十古来稀，旧戏唱本中老生们类似的念白，最能道出人的无奈之感。而古希腊的哲学家们，亦有认为人生"不过是场梦幻，生命不过是一茎芦苇"的悲观思想。

然而现代的人类，已有较强的能力掌控生命的天然寿数了。并已有较高的理性接受生死之规律了。现代的人类却仍往往会叩问"人生的意义"何在，归根结底还是缘自于一种恐惧。这是不同于古人的一种恐惧。这是对所谓"人生质量"尝试过最初的追求而又屡遭挫折，于是竟以为终生无法实现的一种恐惧。这是几乎就要屈服于所谓"厄运"的摆布而打算听天由命时的一种恐惧。这种恐惧之中包含着理由难以获得公认而又程度很大的抱怨。是的，事情往往是这样，当谁长期不能摆脱"人生有什么意义"的纠缠时，谁也就往往真的会屈服于所谓"厄运"的摆布了，也就往往会真的听天由命了；也就往往会对人生持消极到了极点的态度。而那种情况之下，人生在谁那儿，也就往往会由"有什么意义"的疑惑，快速变成了"没有意义"的结论。

对于马，民间有种经验是——"立则好医，卧则难救"。那意思是指——马连睡觉都习惯于站着，只要它自己不放弃生存的本能意识，它总是会忍受着病痛之身顽强地站立着不肯卧倒下去；而它一旦竟病得卧倒了，证明它确实已病得不轻，也同时证明它本身生存的本能意识已被病痛大大地削弱了。而没有它本身生存本能意识的配合，良医良药也是难以治得好它的病的。所以兽医和马的主人，见马病得卧倒了，治好它的信心往往大受影响。他们要做的第一件事，又往往是用布托、绳索、带子兜住马腹，将马吊得站立起来，如同武打片中吊起那些飞檐走壁的演员那一种做法。为什么呢？给马以信心，使马明白，它还没病到根本站立不住的地步。靠了那一种做法，真的会使马明白什么吧？我相信是能的。因为我下乡时多次亲眼看到，病马一旦靠了那一种做法站立着了，它的双眼竟往往会一下子晶亮了起来。它往往会咴咴嘶叫起来。听来那确乎有些激动的意味，有些又开始自信了的意味。

一般而言，儿童和少年不太会问"人生有什么意义"的话，他们倒是很相信人生总归是有些意义的，专等他们长大了去体会。厄运反而不容易一下子将他们从心理上压垮。因为父母和一切爱他们的人，往往会在他们不完全知情时，就默默替他们分担和承受了。老年人也不太会问"人生有什么意义"的话。问谁呢？对晚辈怎么问得出口呢？哪怕忍辱负重了一生，老年人匕不太会问谁那么一句话。信佛的，只偶尔独自一个人在内心里默默地问佛。并不希冀解答，仅仅是委屈和抱怨的一种倾诉而已。他们相信即使那么问了，佛品出了抱怨的意味，也是不会责怪他们的。反而，会理解于他们，体恤于他们。中年人是每每会问"人生有什么意义"的。相互问一句，或自说自话问自己一句。相互问时，回答显然多余。一切都似乎不言自明，于是相互获得某种心理的支持和安慰。自说自话问自己时，其实自己是完全知道着一种意义的。

上有老下有小的人生，对于大多数中年人都是有压力的人生。那压力常常使他们对人生的意义保持格外的清醒。人生的意义在他们那儿是有着另一种解释的——责任。

是的，责任即意义。是的，责任几乎成了大多数寻常百姓的中年人之人生的最大意义。对上一辈的责任、对儿女的责任、对家庭的责任，总而言之，是子女又为子女，是父母又为父母，是兄弟姐妹又为兄弟姐妹的林林总总的责任和义务，使他们必须对单位对职业也具有铭记在心的责任和义务。

在岗位和职业竞争空前激烈的今天，后一种责任和义务，是尽到前几种责任和义务的保障。这一点不需任何人提醒和教诲，中年人一向明白得很、清楚得很。中年人问或者仅仅在内心里寻思"人生有什么意义"时，事实上往往等于是在重温他们的责任课程，而不是真的有所怀疑。人只有到了中年时，才恍然大悟，原来从小盼着快快长大好好地追求和体会一番的人生的意义，除了种种的责任和义务，留给自己的，即纯粹属于自己的另外的人生的意义，实在是并不太多了。他们老了以后，甚至会继续以所尽之责任和义务尽得究竟怎样，来掂量自己的人生意义。"究竟"

二字，在他们那儿，也另有标准和尺度。中年人，尤其是寻常百姓的中年人，其"人生的意义"，至今，如此而已，凡此而已。

"人生有什么意义"这一句话，在某些青年那儿，特别是在独生子女的小青年们那儿问出口时，含意与大多数是他们父母的中年人是根本不相同的。其含意往往是——如果我不能这样；如果我不能那样；如果我实际的人生并不像我希望的那样；如果我希望的生活并不能服务于我的人生；如果我不快乐；如果我不满足；如果我爱的人却不爱我；如果爱我的人又爱上了别人；如果我奋斗了却以失败告终；如果我大大地付出了竟没有获得丰厚的回报；如果我忍辱负重了一番却仍竹篮打水一场空；如果……如果……那么人生对于我究竟还有什么意义？

他们哪里知道啊，对于他们的是中年人的父母，尤其是寻常百姓的中年人的父母，他们往往即是父母之人生的首要的、最大的、有时几乎是全部的意义。他们若是这样的，他们是父母之人生的意义；他们若是那样的，他们是父母之人生的意义。换言之，不论他们是怎样的，他们都是父母之人生的意义。而当他们备觉人生没有意义时，他们还是父母之人生的意义；若他们奋斗成为所谓"成功者"了，他们的父母之人生的意义，于是似乎得到一种明证了。而他们若一生平凡着呢？尽管他们一生平凡着，他们仍是父母之人生的意义，普天下之中年人，很少像青年人一样，因了儿女之人生的平凡，而备感自己之人生的没意义。恰恰相反，他们越平凡，他们的平凡的父母，所意识到的责任便往往越大，越多……

由此我们得到一种结论，所谓"人生的意义"，它一向至少是由三部分组成的：一部分是纯粹自我的感受；一部分是爱自己和被自己所爱的人的感受；还有一部分是社会和更多时候甚至是千千万万别人的感受。

当一个青年听到一个他渴望娶其为妻的姑娘说"我愿意"时，他由此顿觉人生饱满着一切意义了，那么这是纯粹自我的感受。

"世上只有妈妈好，有妈的孩子是块宝。"——这两句歌词，其实唱出的更是作为母亲的女人的一种人生意义。也许她自己的人生是充满苦涩的，但其绝对不可低估的人生之意义，宝贵地体现在她的孩子身上了。

爱迪生之人生的意义，体现在享受电灯、电话等等发明成果的全世界人身上；林肯之人生的意义，体现在当时美国获得解放的黑奴们身上；曼德拉的人生意义体现于南非这个国家了；而俄罗斯人民，一定会将普京之人生的意义，大书特书在他们的历史上……

如果一个人只从纯粹自我一方面的感受去追求所谓人生的意义，并且以为唯有这样才会获得最多最大的意义，那么他或她到头来一定所得极少。最多，也仅能得到三分之一罢了。但倘若一个人的人生在纯粹自我方面的意义缺少甚多，尽管其人生作为的性质是很崇高的；那么在获得尊敬的同时，必然也引起同情。比如阿拉法特，无论巴勒斯坦在他活着的时候能否实现艰难的建国之梦，他的人生之大意义对于巴勒斯坦人都是明摆在那儿的。然而，我深深地同情这一位将自己的人生完完全全民族目标化了的政治老人……

权力、财富、地位、高贵得无与伦比的生活方式，这其中任何一种都不能单一地构成人生的意义。即使合并起来加于一身，对于人生之意义而言，也还是嫌少。

这就是为什么戴安娜王妃活得不像我们常人以为的那般幸福的原因，贫穷、平凡、没有机会受到过高等教育终生从事收入低微的职业，这其中任何一种都不能单一地造成对人生意义的彻底抵消。即使合并起来也还是不能。因为哪怕命运从一个人身上夺走了人生的意义，却难以完全夺走另外一部分，就是体现在爱我们也被我们所爱的人身上的那一部分。哪怕仅仅是相依为命的爱人，或一个失去了我们就会感到悲伤万分的孩子……

而这一种人生之意义，即使卑微，对于爱我们也被我们所爱的人而言，可谓大矣！人生一切其他的意义，往往是在这一种最基本的意义上生长出来的，好比甘蔗是由它自身的某一小段生长出来的……

最合适的，便是最美的

哪一个青年没有过理想？谁甘愿度过平庸的一生？

当这样的问题摆在面前，很多人也许会想到宗教。

其实宗教也是一种理想。

人和植物、动物的区别，重要的一点恰恰在于人会设计自己的愿望，有实现这一愿望的冲动。理想使人高出宇宙万物。理想使人具有百折不挠的精神力量。因而当人实现这一愿望的冲动受挫，理想便使人痛苦。

如果能够进行统计的话，实现了自己的理想的人必然是少数。那么是否绝大多数的人又都是不幸的呢？我相信不是这样。

理想，说到底，无非是对某一种活法的主观的选择。客观的限制通常是强大于主观的努力的。只有极少数人的主观努力，最终突破了客观的限制，达到了理想的实现，这便使人对"主观努力"往往崇拜起来，以为只要进行了百折不挠的努力，客观的限制总有一天将被"突破"。其实不然。

　　所以我认为，有理想是一种正确的生活态度，放弃理想也是一种生活态度。有时，后一种态度，作为一种活着的艺术，是更明智的。有理想有追求是一种积极主动的活法，不被某一不切实际的理想或追求所折磨，调整选择的方位，更是积极主动的活法。

　　一种活法，只要是最适合自己的，便是最好的、最美的。当然，这活法，首先该是正常的正派的活法。如果人觉得，盗贼或骗子的活法，才最适合自己的话，那我们就无法与之沟通了。

　　曾有一位大学生，来信倾诉自己对文学的虔诚，以及想成为作家的愿望，并且因为自己是学工的，便感到自己是世界上最不幸的人了。

　　我回信向他指出——首先他是不实事求是的。因为考入一所名牌大学，与同龄青年相比，已经使他成为最幸运的人了。其次，是大学生，那么学习，目前对他是最适合的。学习生活，目前对他是最好的、最美的生活。即使他最终还是要专执一念当作家，目前的学习生活，对他日后当作家，也是有益的积累。而且作家是各式各样的——无职无业的"个体作家"；有职有业的半专业作家；比如我这样的作家，以创作为唯一职业的专业作家。

　　随着社会结构的变化，拿工资的专业作家会少起来。不拿工资的"个体作家"和有职有业的半专业作家会多起来。他究竟要当哪一种作家呢？马上就当不拿工资的"个体作家"？生活准备不足，靠稿费养得了自己吗？连我自己目前也不能，所以我为他担忧。我劝他目前要安心学习，先按捺下当作家的迫切愿望，将来大学毕业了，从业余作家当起，继而半专业，继而专业，如果他确有当作家的潜质的话……

可是他根本听不进我的劝告。他举例说巴尔扎克就是根本不理睬父母希望他成为律师的预想，终于成大作家的。他那么固执，我对他固执无奈。结果他学习成绩下降，一篇篇稚嫩的"作品"也发表不出来，连续补考又不及格，不得不离开了大学校园。

他在北京流落了一个时期，写作方面一事无成，在我的资助下回老家去了。

现在他精神失常了。

这多可悲呢。

北京电影制片厂曾有过一百六七十位演员。设想，一旦成为演员，谁不想成大明星呢？但这受着个人条件的局限，受着种种机遇的摆布，致使有些人，空怀着明星梦，甚至十几年内，没上过什么影片。

其中一些明智的人，醒悟较快，便改行去当剪辑、录音，或其他方面的工作。有些是我的朋友。他们在人到中年这个关键时刻，毅然摆脱过去曾怀抱过那引起不切实际的理想的纠缠，重新选择最适合自己的活法，活得自然也活得好了。

著名女作家铁凝也有过和我类似的与青年的接触。

一位四川乡村女青年不远万里寻找到她，希望在她的指导之下早日成为作家。须知一位作家培养另一个人成为作家这种事，古今中外实在不多。一个人能不能成为作家，关键恐怕不在培养，而在自身潜质。

铁凝是很善良，很真挚，很会做思想工作的。铁凝询问了她的情况之后，友好地向她指出——对于她，第一是职业问题，因为有了职业就有了工资，有了工资就有了衣食住行的起码保障。曹雪芹把高粱米粥冻成坨，切成块，饿了吃一块，孜孜不倦写《红楼梦》，那对于他实在是无奈的下策，不是非如此便不能写出《红楼梦》。十年辛苦一部书。如果那十年的情况好些，他的身体也便会好些，也许在完成《红楼梦》之后，还能完成另一部名著。对于今天的青年，没有效仿的意义和必要。

今天的青年，如果有可能找到一份工作，取得衣食住行的起码保障，为什么不呢？当然，你要一心想在什么中外合资的大公司当上一位公关小姐，每月拿着高于旁人的工资，是另一回事了。须知如今大学生、研究生找到完全合乎自己愿望的工作都很难，你凭什么指望生活格外地垂青于你呢？

那女青年悟性很好，听从了铁凝的劝告，回到家乡去了，在一个小县城找到了一份最普通的工作。以后她常把她的习作寄给铁凝，铁凝也很认真地予以指导。终于她的文章开始在地区的小报刊上陆续刊登了，当然都是些小文章。她终于在自己生活的那个地方，渐渐引起了人们的注意。后来因这"一技之长"，她被调到了县里计划生育办公室搞宣传。后来她寻找到了一个好丈夫，组成了一个温暖的小家庭，有了一个可爱的孩子，生活得挺幸福。她在她生活的那个地方，寻找到了最适合她的"坐标"，对她来说，那是最好的生活，也是最美的，起码目前是这样。至于以后她是否会成为作家，那就非铁凝能帮得了的了。

有些青年谈论理想的时候，往往忽略了现实和理想之间的时空距离。或者虽然承认有距离，但却认为只要时来运转，一步便能跨越。其实有些距离，是终生不能跨过的。嗓子天生五音不全而要成为歌星，身材不美而要成为芭蕾舞演员，没有表演才能而迷恋影视生涯，凡此种种，年轻时想一想是可爱的，倘若当作人生理想、人生目标去耿耿追求，又何苦呢？倘一位中国的乡村女孩的理想是有朝一日做西方某国的王妃，并且发誓不达目的誓不罢休，这"理想"本身岂不是就怪令人害怕吗？正如哪一位中国的作家如若患了"诺贝尔情绪"，发誓不获诺贝尔文学奖便如何如何，也是要不得的。

一切生活都是生活，无论主观选择的还是客观安排的，只要不是穷困的、悲惨的、不幸接踵不幸的，便是正常的生活，也都是值得好好生活的。须知任何一种生活都是有正面和负面的。

帝王的权威不是农夫所能企盼得到的，但农夫却不必担心被杀身篡位。一切名流的生活之负面的付出，都是和他们所获得的正面成比例的。人往高处走，水往低处流，一人改变自己的命运的想法永远是天经地义无可指责的，但首先应是从最实际处开始改变。

荀子说过一句话："自知者不怨人，知命者不怨天。"字面看来有点儿听天由命的样子，其实强调的是一种乐观的生活态度。没有乐观的生活态度，哪还谈得上什么积极进取呢？不必在二十多岁的时候，便给自己的一生设计好什么"蓝图"。在以后的几十年中，机遇可能随时会向你招手，只要你是有所准备的。

社会越向前发展，人的机遇将会越多而不会越少。三十岁至四十岁得到的，绝不会是你最后得到的，失去它的机会像得到它一样偶然。同样三十岁至四十岁未得到的，并不意味着你一生不能实现。

你的一生也许将几次经历得到、失去、再得到、再失去，有时你的人生轨迹竟被完全彻底地改变，迫使你一切从头开始。谁准备的方面多，谁应变的能力强，谁就越能把握住一份儿属于自己的生活。

当代社会越向前发展，则越将任何一种事业与人的关系，变成为不离不即、离离即即、偶尔合一、偶尔互弃的关系……

凡是在虚构中张扬的，

都是在现实中缺失的。

——梁晓声

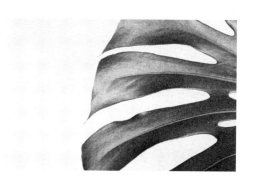

第
二
章

我们
都要带着困惑
生活下去

追求体现着一种自信，
放弃也同样体现着一种自信。
不懂得识时而放弃的人，
其实是没有活明白的人。
你不可能在你的一生中，
把所有的好东西，都占为己有。
你只能够获得其中的某一种而已。

积极的人生不妨做减法

人生要像手机那样不断增添功能吗

某日，几位青年朋友在我家里，话题数变之后，热烈地讨论起了人生。依他们想来，所谓积极的人生肯定应该是这样的——使人生成为不断地"增容"的过程，才算是与时俱进的，不至于虚度的。我听了就笑，他们问："您笑是什么意思呢？不同意我们的看法吗？"

我说："请把你们那不断地'增容'式的人生，更明白地解释给我听来。"

便有一人掏出手机放在桌上，指着说："好比人生是这手机，当然功能越多越高级。功能少，无疑是过时货，必遭淘汰。手机必须不断更新换式，人生亦当如此。"

我说："人是有主观能动性的，而手机没有。一部手机，其功能多也罢，少也罢，都是由别人设定了的，自己完全做不了自己的主。所以你举的例子并不十分恰当啊！"

他反驳道："一切例子都是有缺陷的嘛！"

另一人插话道："那就好比人生是电脑。你买一台电脑，是要买容量大的呢，还是容量小的呢？"

我说："你的例子和第一个例子一样不十分恰当。"他们便七言八语"攻击"我狡辩。

我说："我还没有谈出我对人生的看法啊，'狡辩'罪名无法成立。"于是皆敦促我快快宣布自己对人生的看法。

我说："你们都知道的，我不用手机，也不上网。但若哪一天想用手机了，也想上网了，那么我可能会买小灵通和最低档的电脑。因为只要能通话，可以打出字来，其功能对我就足够了。所以我认为，减法的人生，未必不是一种积极的人生。而我所谓之减法的人生，乃是不断地从自己的头脑之中删除掉某些人生'节目'，甚至连残余的信息都不留存，而使自己的人生'节目单'变得简而又简。总而言之一句话，使自己的人生来一次删繁就简……"

我的话还没说完，友人皆大摇其头曰："反对，反对！"

"如此简化，人生还有什么意思？"

"面对丰富多彩、机遇频频的人生，力求简单的人生态度，纯粹是你们中老年人无奈的活法！"

我说："我年轻时，所持的也是减法的人生态度。何况，你们现在虽然正年轻着，但几乎一眨眼也就会成为中老年人的。某些人之所以抱怨人生之疲惫，正是因为自己头脑里关于人生的'容量'太大太混杂了，结果连最适合自己的那一种人生的方式也迷失了。"

"而所谓积极的、清醒的人生，无非就是要找到那一种最适合自己的人生方式。一经找到，确定不移，心无旁骛。而心无旁骛，则首先要从眼里删除某些吸引眼球的人生风景……"

朋友皆黯然，未领会我的话。

有些事不试也可以知道自己的斤两

我只得又说："不举例了。世界上还没有人能想出一个绝妙的例子将人生比喻得百分之百恰当。我现身说法吧。

"我从复旦大学毕业时，27岁，正是你们现在这个年龄。我自己带着档案到文化部报到时，接待我的人明明白白地告诉我，我可以选择留在部里的。但我选择了电影制片厂。别人当时说我傻，认为一名大学毕业生留在部级单位里，将来的人生才更有出息，可以科长、处长、局长地一路在仕途上'进步'着！但我清楚我的心性太不适合所谓的'机关工作'，所以我断然地从我的头脑中删除了仕途人生的一切'信息'。仕途人生对于大多数世人而言，当然意味着是颇有出息的一种人生。

"但再怎么有出息，那也只不过是别人的看法。我们每一个人的头脑里，在人生的某阶段，难免会被塞入林林总总的别人对人生的看法。这一点确实有点儿像电脑，若是新一代产品，容量很大，又与宽带连接着，不进入某些信息是不可能的。然而判断哪些信息才是自己所需要的信息，这一点却是可能的。

"其实有些事不试也可以知道自己的斤两。比如潘石屹，在房地产业无疑是佼佼者。在电影中演一个角色玩玩，亦人生一大趣事。但若改行做演员，恐怕是成不了气候的。做导演、作家，想必也很吃力。而我若哪一天心血来潮，逮着一个仿佛天上掉下来的机会就不撒手，也不看清那机会落在自己头上的偶然性，不掂量自己与那机会之间的相克因素，于是一头往房地产业钻去的话，那结果八成是会令自己也令别人后悔晚矣的。

"说到导演，也多次有投资人来动员我改行当导演的。他们认为观众一定会觉得新奇，于是有了炒作一通的那个点，会容易发行一些。

"我想，导一般的小片子，比如电影频道播放的那类电视电影，我肯定是力能胜任的。600万投资以下的电影，鼓鼓勇气也敢签约的（只敢一两次而已）。倘言大片，那么开机不久，我也许就死在现场了。我曾说过，当导演第一要有好身体，这是一切前提的前提。爬格子虽然也是耗费心血之事，劳苦人生，但比起当导演，两种累法。前一种累法我早已适应，后一种累法对我而言，是要命的累法……"

年轻的客人们听了我的现身说法，一个个陷入沉思。

即使年轻，也须善于领悟减法人生的真谛

最后说："其实上苍赋予每一个人的人生能动力是极其有限的，故人生'节目单'的容量也肯定是有限的，无限地扩张它是很不理智的人生观。通常我们很难确定自己究竟能胜任多少种事情，在年轻时尤其如此。因为那时，人生的能动力还没被彻底调动起来，它还是一个未知数，但这并不意味着我们连自己不能胜任哪些事情也没个结论。

"在座的哪一位能打破一项世界体育纪录呢？我们都不能。哪一位能成为乔丹第二或姚明第二呢？也都不能。歌唱家呢？还不能。获诺贝尔和平奖呢？大约同样是不能的，而且是明摆着的无疑的结论。那么，将诸如此类的，虽特别令人向往但与我们的具体条件相距甚远的人生方式，统统从我们的头脑中删除掉吧！

"加法的人生，即那种仿佛自己能够愉快地胜任充当一切社会角色，干成世界上的一切事而缺少的仅仅是机遇的想法，纯粹是自欺欺人。"

一种人生的真相是——无论世界上的行业丰富到何种程度，机遇又多到何种程度，我们每一个人比较能做好的事情，永远也就那么几种而已。有时，仅仅一种而已。

所以即使年轻着，也须善于领悟减法人生的真谛：

将那些干扰我们心思的事情，一而再、再而三地从我们人生的"节目单"上减去、减去、再减去。于是令我们人生的"节目单"的内容简明清晰；于是使我们比较能做好的事情凸显出来。所谓人生的价值，只不过是要认认真真、无怨无悔地去做最适合自己的事情而已。

花一生去领悟此点，代价太高了，领悟了也晚了。花半生去领悟，那也是领悟力迟钝的人。

现代的社会，足以使人在年轻时就明白自己适合做什么事。

　　只要人肯首先向自己承认，哪些事是自己根本做不来的，也就等于告诉自己，这种人生自己连想都不要去想。如今"浮躁"二字已成流行语，但大多数人只不过流行地说着，并不怎么深思那浮躁的成因。依我看来，不少人之所以浮躁着并因浮躁而痛苦着，乃因不肯首先自己向自己承认——哪些事情是自己根本做不来的，所以也就无法使自己比较能做好的事情在自己人生的"节目单"上简明清晰地凸显出来，却还在一味地往"节目单"上增加种种注定与自己人生无缘的内容……

　　社会的面向大多数人的文化在此点上扮演着很劣的角色——不厌其烦地暗示着每一个人似乎都可以凭着锲而不舍做成功一切事情；却很少传达这样的一种人生思想——更多的时候锲而不舍是没有用的，倒莫如从自己人生的"节目单"上减去某些心所向往的内容，这更能体现人生的理智，因为那些内容明摆着是不适合某些人的人生状况的……

给自己的头脑几分尊重

读过《安娜·卡列尼娜》这一部名著的人，必记得开篇的两句话——"幸福的家庭是相似的。不幸的家庭各有各的不幸。"

这两句话，在中国也早已是名言了。最近我因授课要求，重新翻阅该书某些片段。掩卷沉思，开篇的两句话，仍是全书中最令我联想多多的话。

曾有学生问我——为什么这两句话会成为名言？我的回答是，首先，《安娜·卡列尼娜》成了名著，这个前提很重要。学生又问，如果《三国演义》没有成为名著，"话说天下大势，分久必合，合久必分"就不称其为名言了吗？如果范仲淹的《岳阳楼记》没有成为名篇，"先天下之忧而忧，后天下之乐而乐"就不称其为名句了吗……

当然，还可以举出另外许多例子。名言名句不仅出现在小说、诗词、歌赋中，也出现在戏剧、电影、电视中，甚至出现在法庭诉讼双方的答辩中，出现在演讲中的例子更是举不胜举……

关于《安娜·卡列尼娜》这一部小说，托尔斯泰曾写下过三十几段开篇的文字，最后才选择了"幸福的家庭是相似的。不幸的家庭各有各的不幸"两句话。据说，倘用俄语来朗读这两句话，会有诗一般的语韵。这大概也是俄国人特别认同托尔斯泰的原因吧。

我的回答究竟使我的学生满意了没有，进而使自己满意了没有，不是这里非要交代清楚的。

我想强调的其实是这样一种思想——喜欢提问题的人一定是喜欢思考问题的人。人类倘不喜欢思考，我们至今还都是猴子。历史上有人骂项羽"沐猴而冠"，正是恨他遇事不动脑子好好想一想。

窃以为，错误的思想是相似的，正确的思想各有各的正确。当然，正确和错误是相对的，姑妄言之而已。

这里所说的"错误的思想"，确切地说，是指种种不良的甚至邪恶的思想。比如以为损人利己天经地义，以为仗势欺人天经地义，以为不择手段达到沽名钓誉之目的天经地义，于是心安理得，皆属不良的邪恶的思想。是的，在我看来，这样的一些思想是相似的。它们的共同点乃是——夜半三更，扪心自问，有时候还是怕遭天谴的。谢天谢地，迄今为止，这样的一些思想从来不是大众思想的主流。比如"无毒不丈夫"一句话，你不能不承认它也意味着一种思想。然而真的循此思想行事的人，其实是很少很少的。何况此话原本是"无度不丈夫"——果而如此，恰恰是提醒人要善于思考的话。

迄今为止，人类头脑中产生的大部分思想，指那类被我们大部分人所能接受的、认同的，以指导我们行为和行动的后果来判断，是对社会进步有益的——那样一些思想，它们不应只是少数人头脑中产生的思想，而应是我们大多数人，甚至每一个人头脑中都会产生的思想。

我们中国人依赖少数人的头脑为我们提供有益的思想——实在是依赖得太久太久了，而这几乎使我们自己的头脑的思考能力变得有点儿退化了。

这意味着我们对自己的头脑失去了尊重。现在这个现象似乎也在全球化。有个美国学者写了一本书，叫《娱乐至死》，说的是大家都不再思考，都进入了娱乐状态，从生下来就开始娱乐，一直玩到死。他认为，人类的思想和文化并非窒息于专制，而是死于娱乐。这实在是非常智慧的警世之论。窃以为，不智慧的人是相似的，智慧的人各有各的智慧。

我们需要将自己头脑中尊重思想的意识重新树立起来。

我们将会发现——正确的思想不但是人类思想的主流，不但各有各的正确，而且经常形成于我们自己的头脑之中。

给自己的头脑几分尊重——于是，我们不仅仅是思想的被动的接受者，也能是思想的主动的提供者了。

给自己的头脑几分尊重——于是，我们明白了这样一个道理：别人的头脑里产生的别种的思想，只要不是邪恶的，也是必须予以尊重的。

给自己的头脑几分尊重——于是，我们明白了这样一个道理：即使我们确信自己头脑里产生的思想是正确的、睿智的，即使别人也这样认为，那也只不过是关于思想，甚至是关于一件事情的许多种正确的、睿智的思想之一而已。

给自己的头脑几分尊重——非但不能使我们因而变得狂妄自大，恰恰相反，将使我们变得更加谦逊和更加温良。因为我们的头脑里会产生出对我们的修养有要求的思想。

给自己的头脑几分尊重——将使我们在对待人生、事业、名利、时尚、爱情、亲情、友情等方面，不再一味只听他人怎么阐释与宣讲，而也有自己的独立见解了。

我们难道不是都清楚这样一种关于世事的真相吗？——别人用别人的思想企图说服我们往往不是那么容易的，只有自己说服了自己，自己才是某种思想的信奉者。

这世界上没有不长叶子的根和茎。我们的头脑乃是我们作为人的"根"，我们认识世界的愿望乃是我们作为人的"茎"。我们既有"根"亦有"茎"，为什么不让它长出思想的叶子来呢？

给自己的头脑几分尊重——我们因而发现，不但人类社会，连整个世界都需要我们这样；我们因而感受到，不但人类社会，连整个世界都少了某些荒诞性，多了几分合理性。

给自己的头脑几分尊重——我们因而发现，娱乐使我们同而不和，思考使我们和而不同。

给自己的头脑几分尊重——我们将会发现，思考的过程、产生思想的过程，是一个非常快乐的过程。这种快乐是其他快乐无从取代的。

给自己的头脑几分尊重——我们将因而活得更像个人，更愉快，更自然……

与欲望兵团打成平手的一辈子

　　人生伊始，原本是没有什么欲望的。饿了、渴了、冷了、热了、不舒服了，啼哭而已。那些都是本能，啼哭类似信号反应。人之初，宛如一台仿生设备——肉身是外壳，五脏六腑是内装置，大脑神经是电脑系统，而且连高级"产品"都算不上的。

　　到了两三岁时，人开始有欲望了。此时人的欲望，还是和本能关系密切。因为此时的人，大抵已经断奶。既断奶，在吃喝方面，便尝到过别种滋味了。对口感好的饮食，有再吃到、多吃到的欲望了。若父母说，宝贝儿，坐那儿别动，给你照相呢，照完相给你巧克力豆豆吃，或给你喝一瓶"娃哈哈"……那么两三岁的小人儿便会乖乖地坐着不动。他或她，对照不照相没兴趣，但对巧克力豆豆或"娃哈哈"有美好印象。那美好印象被唤起了，也就是欲望受到撩拨，对他或她发生意识作用了。

　　在从前的年代，普通百姓人家的小小孩能吃到能喝到的好东西实在是太少了。偶尔吃到一次喝到一次，印象必定深刻极了。所以倘有非是父母的大人，出于占便宜的心理，手拿一块糖或一颗果子对他说："叫爸，叫爸给你吃！"他四下瞅，见他的爸并不在旁边，或虽在旁边，并没有特别反对的表示，往往是会叫的。

小小的他知道叫别的男人"爸"是不对的，甚至会感到羞耻。那是人的最初的羞耻感，很脆弱的。正因为太脆弱了，遭遇太强的欲望的挑战，通常总是很容易瓦解的。此时的人跟动物是没有什么大区别的。人要和动物有些区别了，仅仅长大了还不算，更需看够得上是一个人的那种羞耻感形成得如何了。

能够靠羞耻感抵御一下欲望的诱惑力，这时的人才能说和动物有了第一种区别。而这第一种区别，是人和动物之间的最主要的一种区别。

这时的人，已五六岁了。五六岁了的人仍是小孩，但因为他小小的心灵之中有羞耻感形成着了，那么他开始是一个人了。

如果一个与他没有任何亲爱关系可言的男人如前那样，手拿一块糖或一颗果子对他说："叫爸，叫爸给你吃！"那个男人是不太会得逞的。如果这五六岁的孩子的爸爸已经死了，或虽没死，活得却不体面，比如在服刑吧——那么孩子会对那个男人心生憎恨的。

五六岁的他，倘非生性愚钝，心灵之中则不但有羞耻感形成着，还有尊严形成着了。对于人性、羞耻感和尊严，好比左心室和左心房，彼此联通。刺激这个，那个会有反应；刺激那个，这个会有反应。只不过从左至右或从右至左，流淌的不是血液，而是人性感想。

挑逗五六岁小孩的欲望是罪过的事情。在从前的年代，无论城市里还是农村里，类似的痞劣男人和痞劣现象，一向是不少的。表面看是想占孩子的便宜，其实是为了在心理上占孩子的母亲一点儿便宜，目的若达到了，便觉得类似意淫的满足……

据说，即使现在的农村，那等痞劣现象也不多了，实可喜也。

接着还说人和欲望的关系。

五六岁的孩子，欲望渐多起来。欲望说白了就是"想要"，而"想要"是因为看到别人有。对于孩子，是因为看到别的孩子有。一件新衣，一双新鞋，一种新玩具，甚或仅仅是别的孩子养的一只小猫、小狗、小鸟，自己没有，那想要的欲望，都将使孩子梦寐以求，备受折磨。

记得我上小学的前一年，母亲带着我去一位副区长家里，请求对方在一份什么救济登记表上签字。那位副区长家住的是一幢漂亮的俄式房子，独门独院，院里开着各种各样赏心悦目的花儿；屋里，墙上悬挂着俄罗斯风景和人物油画，这儿那儿还摆着令我大开眼界的俄国工艺品。原来有人的家院可以那么美好，我羡慕极了。然而那只不过是起初的一种羡慕，我的心随之被更大的羡慕涨满了，因为我又发现了一只大猫和几只小猫——它们共同卧在壁炉前的一块地毯上。大猫在舔一只小猫的脸，另外几只小猫在嬉闹，亲情融融……

回家的路上，母亲心情变好，那位副区长终于在登记表上签字了。我却低垂着头，无精打采，情绪糟透了。

母亲问我怎么了。

我鼓起勇气说："妈，我也想养一只小猫。"

母亲理解地说："行啊，过几天妈为你要一只。"

母亲的话像一只拿着湿抹布的手，将我头脑中那块"印象黑板"擦了个遍。漂亮的俄式房子、开满鲜花的院子、俄国油画以及令我大开眼界的工艺品全被擦光了，似乎是我的眼根本就不曾见过的了。而那些猫的印象，却反而越擦越清楚了似的……

不久，母亲兑现了她的诺言。

而自从我也养着一只小猫了，我们的破败的家，对于学龄前的我，也是一个充满快乐的家了。

欲望对于每一个人，皆是另一个"自我"，第二"自我"。它也是有年龄的，比我们晚生了两三年而已，如同我们的弟弟，如同我们的妹妹。如果说人和弟弟妹妹的良好关系是亲密，那么人和欲望的关系则是紧密。良好也紧密，不良好也紧密，总之是紧密。人成长着，人的欲望也成长着。人只有认清了它，才能算是认清了自己。常言道："知人知面难知心。"知人何难？其实，难就难在人心里的某些欲望有时是被人压抑住的，处于长期的潜伏状态。除了自己，别人是不太容易察觉的。欲望也是有年龄阶段的，那么当然也分儿童期、少年期、青年期、中年期、老年期和生命末期。

儿童期的欲望，像儿童一样，大抵表现出小小孩的孩子气。在对人特别重要的东西和使人特别喜欢的东西之间，往往更青睐于后者。

当欲望进入少年期，情形反过来了。

伊朗电影《小鞋子》比较能说明这一点：全校赛跑第一名，

此种荣耀无疑是每一个少年都喜欢的。作为第一名的奖励，一次免费旅游，当然更是每一个少年喜欢的。但，如果丢了鞋子的妹妹不能再获得一双鞋子，就不能一如既往地上学了。作为哥哥的小主人公，当然更在乎妹妹的上学问题。所以他获得了赛跑第一名后，反而伤心地哭了。因为获得第二名的学生，那奖品才是一双小鞋子……

明明是自己最喜欢的，却不是自己竭尽全力想要获得的；自己竭尽全力想要获得的，却并不是为了自己拥有……欲望还是那种强烈的欲望，但"想要"本身发生了嬗变。人在五六岁小小孩时经常表现出的一门心思的我"想要"，变成了表现在一个少年身上的一门心思的我为妹妹"想要"。于是亲情责任介入欲望中了。亲情责任是人生关于责任感的初省。人其后的一切责任感，皆由而发散和升华。发散遂使人生负重累累，升华遂成大情怀。有一个和欲望相关的词是"知慕少艾"。一种解释是，引起羡慕的事多多，反而很少有哀愁的时候了。另一种解释是，因为"知慕"了，所以虽为少年，心境每每生出哀来了。我比较同意另一种解释，觉得更符合逻辑。比如《小鞋子》中的那少年，他看到别的女孩子脚上有鞋穿，哪怕是一双普普通通的旧鞋子，那也肯定会和自己的妹妹一样羡慕得不得了。假如妹妹连做梦都梦到自己终于又有了一双鞋子可穿，那么同样的梦他很可能也做过的。一双鞋子，无论对于妹妹还是对于他，都是得到实属不易之事，他怎么会反而少哀呢？

我这一代人中的大多数，在少年时都曾盼着快快成为青年。

这和当今少男少女们不愿长大的心理，明明是青年了还自谓"我们男孩""我们女孩"是截然相反的。

以我那一代人而言，绝大多数自幼家境贫寒，是青年了就意味着是大人了。是大人了，总会多几分解决现实问题的能力了吧？对于还是少年的我们那一代人，所谓"现实问题"，便是欲望困扰，欲望折磨。部分因自己"想要"，部分因亲人"想要"。合在一起，其实体现为家庭生活之需要。

所以中国民间有句话是——穷人的孩子早当家。早当家的前提是早"历事"，早"历事"的意思无非就是被要求摆正个人欲望和家庭责任的关系。

这样的一个少年，当他成为青年的时候，在家庭责任和个人欲望之间，便注定了每每地顾此失彼。

就比如求学这件事吧，哪一个青年不懂得要成才，普遍来说就得考大学这一道理呢？但我这一代中，有为数不少的人当年明明有把握考上大学，最终却自行扼杀了上大学的念头。不是想上大学的欲望不够强烈，而是因为是长兄，是长姐，不能不替父母供学的实际能力考虑，不能不替弟弟妹妹考虑他们还能否上得起学的问题……

当今的采煤工，十之八九来自农村，皆青年。倘问他们每个人的欲望是什么，回答肯定相当一致——多挣点儿钱。

如果他们像孙悟空似的是从石头缝里蹦出来的，除了对自己负责，不必再对任何人怀揣责任，那么他们中的大多数也许就不当采煤工了。干什么还不能光明正大地挣几百元钱自给自足呢？

为了多挣几百元钱而终日冒生命危险，并不特别划算啊！但对家庭的责任已成了他们的欲望。

他们中有人预先立下遗嘱——倘若自己哪一天不幸死在井下了，生命补偿费多少留给父母做养老钱，多少留给弟弟妹妹做学费，多少留给自己所爱的姑娘，一笔笔划分得一清二楚。

据某报的一份调查统计显示——当今的采煤工，尤其黑煤窑雇用的采煤工，独生子是很少的，已婚做了丈夫和父亲的也不太多，更多的人是农村人家的长子，父母年迈，身下有少男少女的弟弟妹妹……

责任和欲望重叠了，互相渗透了，混合了，责任改变了欲望的性质，欲望使责任也某种程度地欲望化了，使责任仿佛便是欲望本身了。这样的欲望现象，这样的青年男女，既在古今中外的人世间比比皆是，便也在古今中外的文学作品中屡屡出现。

比如老舍的著名小说《月牙儿》中的"我"，一名20世纪40年代的女中学生。"我"出生于一般市民家庭，父母供"我"上中学是较为吃力的。父亲去世后，"我"无意间发现，原来自己仍能继续上学，竟完全是靠母亲做私娼。母亲还有什么人生欲望吗？有的。那便是——无论如何也要供女儿上完中学。母亲于绝望中的希望是——只要女儿中学毕业了，就不愁找不到一份好工作，嫁给一位好男人。而只要女儿好了，自己的人生当然也就获得了拯救。说到底，她那时的人生欲望，只不过是再过回从前的小市民生活。她个人的人生欲望，和她一定要供女儿上完中学的责任，已经紧密得根本无法分开。正所谓"皮之不存，毛将焉附"。而作为女儿的"我",她的人生欲望又是什么呢?眼见某些早于她毕业的女中学生不惜做形形色色有脸面有身份的男人们的姨太太或"外室",她起初是并不羡慕的,认为是不可取的选择。她的人生欲望,也只不过是有朝一日过上比父母曾经给予她的那种小市民生活稍好一点儿的生活罢了。但她怎忍明知母亲在卖身而无动于衷呢?于是她退学了,工作了,打算首先在生存问题上拯救母亲和自己,然后再一步步实现自己的人生欲望。这时"我"的人生欲望遭到了生存问题的压迫,与生存问题重叠了,互相渗透了,混合了。对自己和对母亲的首要责任,改变了她心中欲望的性质,使那一种责任欲望化了,仿佛便是欲望本身了。人生在世,生存一旦成了问题,哪里还谈得上什么其他的欲望呢?"我"是那么地令人同情,因为最终连她自己也成了妓女……

比"我"的命运更悲惨,大约要算哈代笔下的苔丝。苔丝原是英国南部一个小村庄里的农家女,按说她也算是古代骑士的后人,她的家境败落是由于她父亲懒惰成性和嗜酒如命。苔丝天真无邪而又美丽,在家庭生活窘境的迫使之下,不得不到一位富有的远亲家去做下等用人。一个美丽的姑娘,即使是农家姑娘,那也肯定是有自己美好的生活憧憬的。远亲家的儿子亚雷克对她的美丽表现出了极大的兴趣,这使苔丝也梦想着与亚雷克发生爱情,并由此顺理成章地成为亚雷克夫人。欲望对于单纯的姑娘们,其产生的过程也是单纯的。正如欲望对于孩子,本身也难免地具有孩子气。何况苔丝正处于青春期,荷尔蒙使她顾不上掂量一下自己想成为亚雷克夫人的欲望是否现实。亚雷克果然是一个坏小子,他诱惑了她，玩弄够了她，使她珠胎暗结之后理所当然地抛弃了她。

分析起来，苔丝那般容易地就被诱惑了，乃因她一心想成为亚雷克夫人的欲望，不仅仅是一个待嫁的农家姑娘的个人欲望，也由于家庭责任使然，因为她有好几个弟弟妹妹。她一厢情愿地认为，只要自己成为亚雷克夫人，弟弟妹妹也就会从水深火热的苦日子里爬出来了……

婴儿夭折，苔丝离开了那远亲家，在一处乳酪农场当起了一名挤奶员。美丽的姑娘，无论在哪儿都会引起男人的注意。这一次她与牧师的儿子安杰尔·克亚双双坠入情网，彼此产生真爱。但在新婚之夜，当她坦白往事后，安杰尔却没谅解她，一怒之下离家出走……

苔丝一心一意盼望丈夫归来。而另一边，父亲和弟弟妹妹的穷日子更过不下去了。坐视不管是苔丝所做不到的，于是她在接二连三的人生挫折之后，满怀屈辱地又回到了亚雷克身边，复成其性玩偶。

当她再见到回心转意的丈夫时，新的人生欲望促使她和丈夫共同杀死了亚雷克。夫妻二人开始逃亡，幸福似乎就在前边，在国界的另一边。

然而在一天拂晓，在国境线附近，他们被逮捕了。

苔丝的欲望，终结在断头台上……

如果某些人的欲望原本是寻常的，而人在人间却至死都难以实现它，那么证明人间出了问题。这一种人间问题，即我们常说的"社会问题"。"社会问题"竟将某部分人那一种寻常的欲望锤击得粉碎,这该是人神共愤的。

倘政治家们明知以上悲剧,而居然不难过、不作为、不竭力扭转和改变状况,那么就不配被视为政治家,当他们是政客也还高看了他们⋯⋯

但欲望将人推上断头台的事情,并不一概是由所谓"社会问题"而导致,司汤达笔下的于连的命运说明了此点。于连的父亲是市郊小木材厂的老板,父子相互厌烦。他有一个哥哥,兄弟关系冷漠。这一家人过的是比富人差很多却又比穷人强很多的生活。于连却极不甘心一辈子过那么一种生活。尽管那一种生活肯定是《月牙儿》中的"我"和苔丝们所盼望的。于连一心要成为上层人士,从而过"高尚"的生活。不论在英国还是法国,不论在从前还是现在,总而言之在任何时候,在任何一个国家,那一种生活一直属于少数人。相对于那一种"高尚"的生活,许许多多世人的生活未免太平常了。而平常,在于连看来等于平庸。如果某人有能力成为上层人士,他可以有拒绝平常生活的志向。但由普通而"上层",对任何普通人都是不容易的。只有极少数人顺利爬了上去,大多数人到头来发现,那对自己只不过是一场梦。

于连幻想通过女人实现那一场梦。他目标坚定,专执一念。正如某些女人幻想通过嫁给一个有权有势的男人改变生为普通人的人生轨迹。

于连梦醒之时,已在牢狱之中。爱他的侯爵的女儿玛特尔替他四处奔走,他本是可以免上断头台的。毫无疑问,若以今天的法律来对他的罪过量刑，判他死刑肯定是判重了。

表示悔过可以免于一死。

于连拒绝悔过。

因为即使悔过了，他以后成为"上层人士"的可能也等于零了。

既然在他人生目标的边上，命运又一巴掌将他扇回普通人的人生中去了，而且还成了一个有犯罪记录的普通人，那么他宁肯死。

结果，断头台也就斩下了他那一颗令不少女人芳心大动的头……

《红与黑》这一部书，在当时一直被视为一部思想"进步"的小说，认为是所谓"批判现实主义"的。但这分明是误读。

英国当时的社会自然有很多应该进行批判的弊病，但于连的悲剧却主要是由于没有处理好自己和自己的强烈欲望的关系。事实上，比之于苔丝，他幸运百倍。他有一份稳定的工作和一份稳定的收入，他的雇主们也都对他还算不错。不论市长夫人还是拉莫尔侯爵，都曾利用他们在上层社会的影响力栽培过他……

《红与黑》中有些微的政治色彩，然司汤达所要用笔揭示的显然不是革命的理由，而是一个青年的正常愿望怎样成为唯此为大的强烈欲望，又怎样成为迫待实现的野心的过程……

"我"是有理由革命的，苔丝也是有理由革命的。

因为她们只不过要过上普通人的生活，社会却连这么一点儿努力的空间都没留给她们。

革命并不可能使一切人都理所当然地成为"上层人士"，所以于连的悲剧不具有典型的社会问题的性质。

对于我们每一个人，愿望是这样一件事——它存在于我们心中，我们为它脚踏实地来生活，具有耐心地接近它。而即使没有实现，我们还可以放弃，将努力的方向转向较容易实现的别种愿望……

而欲望却是这样一件事——它以愿望的面目出现，却比愿望脱离实际得多；它暗示人它是最符合人性的，却一向只符合人性最势利的那一部分；它怂恿人可以为它不顾一切，却将不顾一切可能导致的严重人生后果加以蒙蔽。它像人给牛拴上鼻环一样，也给人拴上看不见的鼻环，之后它自己的力量便强大起来，使人几乎只有被牵着走，而人一旦被它牵着走了，反而会觉得那是活着的唯一意义。一旦想摆脱它的控制，却又感到痛苦，使人心受伤，就像牛为了行动自由，只得忍痛弄豁鼻子……

以我的眼看现在的绝大多数的青年男女，尤其是受过高等教育的青年男女，他们所追求的，说到底其实仍属于普通人的一生目标，无非一份稳定的工作、两居室甚或一居室的住房而已。但因为北京是首都，是知识从业者密集的大都市，是寸土寸金房价最贵的大都市，于是使他们的愿望显出了欲望的特征。又于是看起来，他们仿佛都是在以于连那么一种实现欲望的心理，不顾一切地实现他们的愿望。

这样的一些青年男女和北京这样一个是首都的大都市，互为构成一种"社会问题"。

但北京作为中国首都，它是没有所谓退路的，有退路可言的只是青年们一方。也许，他们若肯退一步，另一片天地会向他们提供另一些人生机遇。但大多数的他们，是不打算退的。所以这一种"社会问题"，同时也是一代青年的某种心理问题。

司汤达未尝不是希望通过《红与黑》来告诫青年应理性对待人生。但半个多世纪以来，于连却一直成为野心勃勃的青年们的偶像。

文学作品的意义走向反面，这是文学作品经常遭遇的尴尬。

当人到了中年，欲望开始裹上种种伪装，因为中年了的人们，不但多少都有了一些与自己的欲望相伴的教训和经验，而且还多少都有了些看透别人欲望的能力。既然知彼，于是克己，不愿自己的欲望也同样被别人看透。因而较之于青年，中年人对待欲望的态度往往理性得多。绝大部分的中年人，由于已经为人父母，对儿女的那一份责任，使他们不可能再像青年们一样不顾一切地听凭欲望的驱使。即使他们内心里仍有某些欲望十分强烈地存在着，那他们也不会轻举妄动，结果比青年压抑，比青年郁闷。而欲望是这样一种"东西"，长久地压抑它，它就变得若有若无了，它潜伏在人心里了。继续压抑它，它可能真的就死了。欲望死在心里，对于中年人，不甘心地想一想似乎是悲哀的事，往开了想一想却也未尝不是幸事。"平平淡淡才是真"这一句话，意思其实就是指少一点儿欲望冲动，多一点儿理性考虑而已。

但是，也另有不少中年人，由于身处名利场，欲望仍像青年人一般强烈。因为在名利场上，刺激欲望的因素太多了。诱惑近在咫尺，不由人不想入非非。而中年人一旦被强烈的欲望所左右，为了达到目的，每每更为寡廉鲜耻。这方面的例子，戎觉得倒不必再从文学作品中去寻找了。为了实现野心和欲望，把个人世间弄得几乎时刻充满了背叛、出卖、攻击、陷害、落井下石、尔虞我诈……

曾经的佛教协会会长赵朴初曾发表过一首曲，有两句是这样的：

夜里演戏叫作"旦"，叫作"净"的，
恰是满脸大黑花。

君不见小小小小的"老百姓"，
却原是大大大大的野心家。

其所勾勒出的也是一幅欲望的浮世绘。

绝大多数青年因是青年，一般爬不到那么高处的欲望场上去。侥幸爬将上去了，不如中年人那么善于掩饰欲望，也会成为被利用的对象。青年容易被利用，十之七八由于欲望被控制了。而凡被利用的人，下场大抵可悲。

若以为欲望从来只在男人心里作祟，大错特错也。

女人的心如果彻底被欲望占领，所作所为将比男人更不理性，甚而更凶残。最典型的例子是《圣经》故事中的莎乐美。莎乐美是希律王和他的弟妻所生的女儿，备受希律王宠爱。不管她有什么愿望，希律王都尽量满足她，而且一向能够满足她。这样受宠的一位公主，她就分不清什么是自己的愿望，什么是自己的欲望了。对于她，欲望即愿望。而她的一切愿望，别人都是不能说不的。她爱上了先知约翰，约翰却一点儿也不喜欢她。正所谓落花有意，流水无情。依她想来，"世上溜溜的男子，任我溜溜地求"。爱上了哪一个男子，是哪一个男子的造化。约翰对她的冷漠，反而更加激起了她对他的占有欲望。机会终于来了，在希律王生日那天，她为父王舞蹈助娱。希律王一高兴，又要奖赏她，问她想要什么。她异常平静地说："我要仆人把约翰的头放在盘子上，端给我。"希律王明知这一次她的"愿望"太离谱了，却为了不扫她的兴，把约翰杀了。莎乐美接过盘子，欣赏着约翰那颗曾令她神魂颠倒的头，又说："现在我终于可以吻到你高傲的双唇了。"

愿望是以不危害别人为前提的心念。

欲望则是以占有为目的的一种心念。当它强烈到极点时，为要吸一支烟，或吻一下别人的唇，斩下别人的头也在所不惜。

莎乐美不懂二者的区别，或虽懂，认为其实没什么两样。当然，因为她的不择手段，希律王和她自己都受到了神的惩罚……

古希腊神话中也有一个女人，欲望比莎乐美还强烈，叫美狄亚。美狄亚的欲望，既和爱有关，也和复仇有关。

美狄亚也是一位公主。她爱上了途经她那一国的探险英雄伊阿宋。伊阿宋同样是一个欲望十分强烈的男人。他一心完成自己的探险计划，好让全世界佩服他。美狄亚帮了他一些忙，但要求他成为自己的丈夫，并带她偷偷离开自己的国家。伊阿宋和约翰不同，他虽然并不爱美狄亚，却未说过"不"。他权衡了一下利益得失，答应了。于是一个男人和一个女人的欲望，达成了相互心照不宣的交换。

当他们逃走后，美狄亚的父王派她的弟弟追赶，企图劝她改变想法。不待弟弟开口，她却一刀将弟弟杀死，还肢解了弟弟的尸体，东抛一块西抛一块。因为她料到父亲必亲自来追赶，那么见了弟弟被分尸四处，肯定会大恸悲情，下马拢尸，这样她和心上人便有时间摆脱追兵了。她以歹毒万分的诡计"恶瘤"伊阿宋的当然也是她自己的权力对头——使几位别国公主亲手杀死她们的父王，剁成肉块，放入锅中煮成了肉羹，却拒绝如她所答应的那样，运用魔法帮公主们使她们的父亲返老还童，而且幸灾乐祸。这样的妻子不可能不令丈夫厌恶。坐上王位的伊阿宋抛弃了她，决定另娶一位王后，在婚礼的前一天，她假惺惺地送给丈夫的后妻一顶宝冠，而对方一戴在头，立刻被宝冠喷出的毒火活活烧死，并且她亲手杀死了自己和丈夫的两个儿子，为的是令丈夫痛不欲生……

古希腊的戏剧家，在他们创作戏剧中，赋予了这一则神话现实意义。美狄亚不再是善巫术的极端自我中心的公主，而是一位普通的市民阶层的妇女，为的是使她的被弃也值得同情，但还是保留了她烧死情敌杀死自己两个亲子的行径。可以说，在古希腊，美狄亚是"欲望"的代名词。

虽然我是男人，但我宁愿承认——事实上，就天性而言，大多数女人较之大多数男人，对人生毕竟是容易满足的；在大多数时候，大多数情况下，也毕竟是容易心软起来的。

势力欲望也罢，报复欲望也罢，物质占有欲望也罢，情欲、性欲也罢，一旦在男人心里作祟，结成块垒，其狰狞才尤其可怖。

人老矣，欲衰也。人不是常青树，欲望也非永动机，这是由生命规律所决定的，没谁能跳脱其外。

一位老人，倘还心存些欲望的话，那些欲望差不多又是儿童式的了，还有小孩子那种欲望的无邪色彩。

故孔子说："七十而从心所欲，不逾矩。"意思是还有什么欲望念头，那就由着自己的性子去实现吧，大可不必再压抑着了，只不过别太出格。对于老人们，孔子这一种观点特别人性化。孔子说此话时，自己也老了，表明做了一辈子人生导师的他，对自己是懂得体恤的。

"老夫聊发少年狂"，便是老人的一种欲望宣泄。

但也确有些老人，头发都白了，腿脚都不方便了，思维都迟钝了，还是觊觎名利，还是沽名钓誉，对美色的兴趣还是不减当年。所谓"为老不尊"，其实是病，心理方面的。仍恋权柄，由于想象自己还有能力摆布时局，控制云舒云卷；仍好美色，由于恐惧来日无多，企图及时行乐，弥补从前的人生损失。

"虎视眈眈，其欲逐逐"，这样的老人，依然可怕，亦可怜。

人之将死，心中便仅存一欲了——不死，活下去。

人咽气了，欲望戛然终结，化为乌有。

西方的悲观主义人生哲学，说来道去，归根结底就是一句话：欲望令人痛苦；禁欲亦苦；无欲，则人非人。

那么积极一点儿的人生态度，恐怕也只能是这样——伴欲而行，不受其累；己所不欲，勿施于人。从年轻的时候起，就争取做一个三分欲望、七分理性的人。

"三七开"并不意味着强调理性、轻蔑欲望，乃因欲望较之于理性，更有力量。好比打仗，七个理性兵团对付三个欲望兵团，差不多能打平手。人生在这种情况下，才较安稳……

解剖我的心灵

其实，依我想来，我们每一个人，都有若干机会，或曰若干时期，证明自己是一个心灵方面、人格方面的导师和教育家。区别在于，好的，不好的，甚而坏的，邪恶的。

我相信有人立刻就能领会我的意思，并赞同我的看法，会进一步指出，完全是这样——不过是在我们成为父亲或母亲之后。

这很对，但这非我的主要的意思。

我的人生经验和教训告诉我——也许这世界上根本没有谁能够对我们施以终生的影响，根本没有谁能够对我们负起长久的责任，连对我们最具责任感的父母都不能够。正如我们做了父母，对自己的儿女也不能够一样，倘说确曾存在过能够对我们的心灵品质和人格品质的形成施以终生影响、负起长久责任的某先生和某女士，那么他或她绝不会是别人。肯定的，乃是我们自己。

我们在我们是儿童的时候就已经开始教育我们自己了。

我们在我们是少年的时候，就已经开始怀疑甚至强烈排斥大人们对我们的教育了。处在那么一种年龄的我们自己，已经开始习惯于说"不，我认为……"了。我们正是从开始第一次这么说、这么想那一天起，自觉不自觉地进入了导师和教育家的角色。于是我们收下了我们"教育生涯"的第一个学生——我们自己。于是我们"师道尊严"起来，朝"绝对服从"这一方面培养我们的本能。于是我们更加防范别人，有时几乎是一切人，包括我们所敬爱的人们对我们的影响。如同一位导师不能容忍另一位导师对自己最心爱的弟子耳提面命一样……

我们在这样的心理过程中成了青年。这时我们对自己的"高等教育"已经临近结业。我们已经太像我们按照我们自己确定的"教育大纲"和自己编写的"教材"所预期的那一个男人或女人了。当然，我指的是心灵方面和人格方面。

四十多岁的我，看我自己和我周围人们的童年、少年和青年时期，仿佛翻阅了一册册"品行记录"。其上所载全是我们自己对自己的评语和希望。我的小学同学、中学同学、兵团知青战友，无论今天在社会地位坐标上显示出是怎样的人，其在心灵和人格方面的基本倾向，几乎全都一如当年。如果改变，恐怕只有到了老年，因为老年时期是人的二番童年的重新开始。在这一点上，"返老还童"有普遍的意义。老年人，也许只有老年人，在临近生命终点的阶段，积一生几十年之反省的力量，才可能彻底否定自己对自己教育的失误。而中年人往往不能。中年人之大多数，几乎都可悲地执迷于早期自我教育的"原则"中东突西撞，无可奈其何。

童年的我曾是一个口吃得非常厉害的孩子，往往一句话说不出来，"啊啊呀呀"半天，憋红了脸还是说不出来。我常想我长大了可不能这样。父母为我犯愁却不知怎么办才好。我决定自己"拯救"我自己。这是一个漫长的"计划"。基本实现这一"计划"，我用了三十余年的时间。

少年时的我曾是一个爱撒谎的孩子，总企图靠谎话推掉我对某件错事的责任。

青年时期的我曾受过种种虚荣的不可抗拒的诱惑，而且嫉妒之心十分强烈。我常常竭力将虚荣心和嫉妒心成功地掩饰起来。每每的，也确实掩饰得很成功，但这成功却是拿虚伪换来的。

幸亏上帝在我的天性中赋予了一种细敏的羞耻感。靠了这一种羞耻感我才能够常常嫌恶自己。而我自己对自己的劣点的嫌恶，则从心灵的人格方面"拯救"了我自己。否则，我无法想象——一个少年时爱撒谎，青年时虚荣、嫉妒且虚伪的人，四十多岁的时候会成为一个怎样的男人？

所以，我对"自己教育自己"这句话深有领悟。它是我的人生信条之一，最主要的也是最重要的、首位的人生信条。

我想，"自己教育自己"，体现着人对自己的最大爱心，对自己的最高责任感。在这一点上，我们不能指望别人对我们比我们自己对自己更有义务。一个连这一种义务都丧失了的人，那么，便首先是一个连自己都不爱的人了。一个连自己都不爱的人，那么，他或她对异性的爱，其质量都肯定是低劣的。

我想，我们每个人生来都被赋予了一根具有威严性的"教鞭"。它是我们人类天性之中的羞耻感。它使我们区别于一切兽类和禽类。我们唯有靠了它才能够有效地对自己实施心灵和人格方面的教育。通常我们将它寄放在叫作"社会文明环境"的匣子里。它是有可能消退也有可能常新的一种奇异的东西。我们久不用它，它就消退了。我们常用它指斥自己的心灵，它便是常新的。每一次我们自己对自己的心灵的指斥，都会使我们的羞耻感变得更加细敏而不至于麻木，都会使它更具有权威性而不至于丧失。它的权威性是摈除我们心灵里假丑恶的最好的工具，如果我们长久地将它寄存在"社会文明环境"这个匣子里不用，那么它过不了多久便会烂掉。因为那"匣子"本身，永远不是纯洁的真空。

我对自己的心灵进行"自我教育"的时间，肯定地将比我用意志校正自己口吃的时间长得多，因为我现在还在这样。但其"成果"，则比我校正自己口吃的"成果"相差甚远。在四十五岁的我的内心里，仍有许多腌腌臜臜的东西及某些丑陋的"寄生虫"。我的人格的另一面，依然是褊狭的，嫉名妒利的，暗怀虚荣的，乃至无可奈何地虚伪着的，还有在别人遭到挫败时的卑劣的幸灾乐祸和快感。

有人肯定会认为像我这样活着太累，其实我的体会恰恰相反。内心里多一份真善美，我对自己的满意便增加一层。这带给我的更是愉悦。内心里多一份假丑恶，我对自己的不满意、沮丧、嫌恶乃至厌恶也便增加一层。人连对自己都不满意的时候还能满意谁满意什么？人连对自己都很厌恶的话又哪有什么美好的人生时光可言？

至今我仍是一个活在"好人山"之山脚下的人，仍是一个活在"坏人坑"之坑边上的人。在"山脚下"和"坑边上"两者之间，我手执人的羞耻感这一根"教鞭"，比以往任何时候都更加"师道尊严"地教诲我自己这一个"学生"。我深知我不是在"坑"内而是在"坑"边上，所幸全在于此。因为，从童年到少年到青年到现在，我受过的欺骗，遭到过的算计、陷害和突然袭击，多少次完全可能使我脚跟不稳身子一晃，索性栽入"坏人坑"里，索性坏起来。在兵团、在大学、在京都文坛，有几次陷害和袭击，对我的来势几乎是置于死地的。

可我至今仍活在"好人山"脚下，有时细想想，这真不容易啊！

每个人的心灵都是一处院落。在未来的日子里，有许多人将会教给我们许多谋生的技艺和与人周旋的技巧，但为我们的心灵充当园丁的人，将很少很少。羞耻感这根人借以自己教诲自己的"教鞭"，正大批地消退着，或者腐烂着。

朋友，如果你是爱自己的，如果你和我一样，存在于"山"之脚下和"坑"之边上，那么，执起"教鞭"吧……

让我们爱憎分明

让我们共同体验爱憎分明之为人的第一坦荡、第一潇洒、第一自然吧！

几经犹豫我才决定写下这一行题目。写时我的心里竟十分古怪——仿佛基督徒写下了什么亵渎上帝的字句。仿佛我心怀叵测，企图向世人散布很坏的想法。我能预料到某些人对这样一个题目的忐忑不安。他们大抵是些丧失了爱憎分明之勇气的人。这使我怜悯。我能预料到某些人对这样一个题目的不以为然乃至愤然。他们大抵是些毫无正义感的人，并且希望丑恶与美好混沌在我们的生活中。因为他们做人的原则以及选择的活法，更适应于丑恶而有违于美好。唯恐敢于爱憎分明的人多起来，比照出了自己心态的阴暗扭曲，甚至比照出了自己心态的邪狞。我不怜悯这样的人，我鄙夷这样的人。

世上之事，常属是非。人心倾向，便有善恶。善恶之分，则心之爱憎。爱憎分明之于人而言，实乃第一坦荡、第一潇洒、第一自然之品格。

古人云：审其所好恶，则其长短可知也。又云：民之所好，好之；民之所恶，恶之。

怎么的，现在，不少人，却像些皮囊里塞满稻草似的人？他们使你怀疑，胸腔内是否有我们谓之为"心"的器官，纵有，那也算是心？

男欢女爱之爱，他们倒是总在实践着。不但总在实践着，而且经验丰富。嫉妒仇恨，也是从不放过体验机会的。不但自己体验，还要教唆别人。于是，污浊了我们的生活环境。在这些人看来世界大概是无是无非、无美无丑、无善无恶的。童叟仆跌于前，佯视而不见，绝不肯援一搀一扶之手，抬高腿跨过去罢了。妇妪呼救于后，竟充耳不闻，只当轻风一阵，何必"庸人自扰"？更有甚者，驻足"白相"，权作消遣。

苏格拉底说："有人自愿去作恶，或者去做他认为是恶的事。舍善而趋恶不是人类的本性。"

苏格拉底是对的？

帕斯卡尔说："我们中大多数人欲求恶。"又说："恶是容易的。其数目是无限的。"还说："某些人盲目地干坏事的时候，从来没有像他们是出自本性时干得那么淋漓尽致而又兴高采烈了。"

帕斯卡尔所指的是人类生活现象的一方面事实？

而屠格涅夫到晚年也产生了对人类及其生活的厌恶。他写了一篇优美如诗但情感色彩冷漠之极的散文——《山的对话》，就体现出了他的这种情绪。

当然我们不必去讨论苏格拉底和帕斯卡尔之间孰是孰非。人性本善抑或人性本恶早已是一世纪的命题，并且在以后的世纪必定还有思想家们继续进行苦苦的思想。

我要说，目前我们中国人的某些人，似乎也有一种"疾病"，可否叫作"爱憎丧失症"？

爱憎分明实在不是我们人类行为和观念的高级标准，只不过是低级的最起码的标准。但一切高尚包括一切所谓崇高，难道不是构建在我们人类德行和品格的这第一奠基石上？否则我们每个人的内心必将再无真诚可言。我们的词典中将无"敬"字。

中国人口占世界人口五分之一。如果我们中国人在心理素质方面成为优等民族，那么世界五分之一人类将是优秀的。反之，又将如何？

思想哲人告诫人类——对善恶的无动于衷是人类精神最可怕的堕落。

生物学家则告诫我们——一类物种的灭绝，必导致生态链条的断裂，进而形成对生态平衡的严重威胁和破坏。

人类绝不是首先因憎激发了爱的冲动、力量和热情。恰恰相反，是由于爱的需要才悟到了憎的权利。好的教养可以给予我们爱的原则。懂得了这一点才算懂得了爱的尺度，也就懂得什么是恶了，也就必然学会了怎样用我们的憎去反对、抵制和战胜恶了。

爱憎分明的人是我们人类不可缺的"物种"，是我们人类精神血液中的白血球，是细腰蜂，是七星瓢虫，是邪恶当前奋不顾身的勇敢的蚁兵。因了爱憎分明的人存在，才会使更多的人感到世上有正义，社会有良知，人间有进行道德监督和道德审判的所谓道德法庭。

我们中国人是很讲"中庸之道"的，但我们的老祖宗也留下了这么一句"遗嘱"——"道不同，不相为谋"，并指出——"物以类聚，人以群分"。

可是我们当代的有些人，似乎早把老祖宗"道不同，不相为谋"之"遗嘱"彻底忘记了，似乎早把"物以类聚，人以群分"这凭以自爱的起码的也差不多是最后的品格界线擦掉了，仅恪守起"中庸之道"来，并且浅薄地将"中庸之道"嬗变为一团和气。于是中庸之士渐多，并经由他们，将自己的中庸推行为一种时髦，仿佛倡导了什么新生活运动，开创了什么新文明似的。于是我们不难看到这样的情形——原来应被"人以群分"的正常格局孤立起来的流氓、痞子、阴险小人、奸诈之徒以及一切行为不端品德不良居心叵测者，居然得以在我们的生活中招摇而来招摇而去，败坏和毒害我们的生活到了随心所欲的地步。所到之处定有一群群的中庸之士与他乘兴周旋逢场作戏握手拍肩一团和气。

我们常常希望有人拍案而起，厉曰："耻与尔等厮混！"

对这样的人，我们心中便生钦佩。

我们环顾左右，觉得这样做其实并不需要太大的勇气。然而我们当中有许多人唯恐落个"出头鸟"或"出头的椽子"之下场。于是我们自己便在一团和气之中，终究扮演了我们本不情愿扮演的角色。

更可悲的是，爱憎分明的人一旦表现出分明的爱憎，中庸之士们便会摆出中庸的嘴脸进行调和，我们缺乏勇气光明磊落地同样敢爱敢憎，却很善于在这种时候作乖学嗲。

我们谁有资格说自己从未这样过呢？

因而我觉得我们首先应该憎恶我们自己，憎恶我们自己的虚伪，憎恶我们已经染上了梅毒一样该诅咒的"爱憎丧失症"。

那么，便让我们从此爱憎分明起来吧！

将这一希望寄托在别人身上，莫如寄托在我们自己身上。倘你周围确实无人在这一点上值得你钦佩，你何不首先在这一点上给予自己以自己钦佩自己的资格呢？如果你确想做一个爱憎分明之人，的确开始这样做了，我认为你当然有自己钦佩自己的资格，你也当然应该这样认为。

以敢憎而与可憎较量，以敢爱而捍卫可爱，以与可憎之较量而镇压可憎之现象，以爱可爱之勇气而捍卫着可爱在我们的生活中发扬光大。让我们的生活中真善美多起来再多起来！让我们在我们每一个人的生活范围内，做一块盾，抵挡假恶丑对我们自己以及对生活的侵袭，同时做一支矛，让我们共同体验爱憎分明之为人的第一坦荡、第一潇洒、第一自然吧！其后，才是我们能否更多地领略人类之种种崇高和美好的问题……

这个时代喧嚣到我们无处可逃，

但灵魂是喜欢独处而非喧嚣的。

——梁晓声

第三章 | 去做那些看似微小，
却给你带来
实感的事

人可以做很多事，
但人不可以做一切事，
人可以有野心，
但人不可以没有禁忌。

读书与人生
——在国家图书馆的演讲

　　谈到读书，我希望孩子们从小多读一些娱乐性的、快乐的、好玩的、富有想象力的书，不应该让孩子们看卡通时仅仅觉着好玩。儿童卡通书一定要有想象力。西方儿童读物最具有想象的魅力，但是这种想象的魅力并不是孩子们在阅读时自然而然地就会感觉到的，一定要有成年人在和他们共同讨论中来点拨一下。

　　未来中国人和西方人的一个区别恐怕就在想象力上，科技的成果就和想象力有关。我们孩子的想象力是低于西方某些发达国家的，而且不只是孩子们的想象力，我们文艺创作者的想象力也是低于西方人的。如果人家在想象力方面的智商是"十"，那么我们的想象力恐怕只有"三"或"四"，这是由于整个科技的成果决定了想象力。

　　我希望青年们读一点历史书籍，不一定从源头开始读起，但至少要把近现代史读一读，至少要"了解"一些。这个了解非常重要！我刚调到大学时曾经想在第一学期不给学生讲中文课，也不讲创作和欣赏，只讲从 20 世纪 50 年代到 90 年代中国人的生活状况，怎样过日子，怎样生活。当年一个学徒工中专毕业之后分到工厂里，一个月十八元的工资仅相当于今天的两美元多一点，三年之后才涨到二十四元。结婚时，他们的房子怎么栏，当年的幸福概念是什么。

我在那个年代非常盼望长大，我的幸福概念说来极为可笑。当时我们家住的房子本来已经非常破旧，是哈尔滨市大杂院里边窗子已经沉下去的那种旧式苏联房，屋顶也是沉下去的。但是一对年轻人就在那个院子里结婚了，他们接着我家的山墙边上盖起了只有十几平方米的小房子，北方叫作"偏厦子"，就是一面坡的房顶，自己脱坯做点砖，抹一点黄泥。那个年代还找不到水泥，水泥是紧缺物资，想看都看不到。用黄泥抹一抹窗台，找一点石灰来刷白了四壁就可以了。然后男人要用攒了很长时间的木板自己动手打一张小双人床和一张桌子。没有电视，也买不起收音机。那时的男人们都是能工巧匠，自己居然能组装出一台收音机，而且自己做收音机壳子。我们家里没有收音机，我就跑到他们家里，坐在门槛上听那个自己组装、自己做壳子的收音机里播放的歌曲和相声。丈夫一边听着一边吸着卷烟，妻子靠在丈夫的怀里织着毛活，那个年代要搞到一点毛线也是不容易的。

那就给我造成一种幸福的感觉，我想自己什么时候长到和这个男人一样的年龄，然后娶一个媳妇，有这样一个小屋子，等等。今天对年轻人讲这些，不是说我们的幸福就应该是那样的，而是希望他们知道这个国家是从什么样的起点上发展起来的，至少要了解自己的父兄辈是怎样过来的。应该让他们知道能够走进大学的校门，父母付出了很多。现在年轻人所谓的人生意义，就是怎么使自己活得更快乐，很少有孩子想过，爸妈的人生要义是什么。如果许多父母都仅仅考虑自己人生的意义、人生的得失，那么可能就没有今天许多坐在大学里的孩子，或者这些孩子根本就不可能坐在大学里。我们的孩子如果连这一点也不懂的话，那是令人遗憾的，所以要读一点儿历史。

中年人要读一点儿诗呀，散文呀，因为我们要理解这样的事情，就是孩子们今天活得也不容易，竞争如此激烈。我们总让他们读一些课本以外的书，但如果一个孩子在上学的过程中读了太多课外书，他可能就在求学这条路上失策了，能进入大学校门绝对证明你没读什么课本以外的书。孩子们的全部头脑现在仅仅启动了一点，就是记忆的头脑、应试的头脑，对此，要理解他们，不能求全责备，他们现在是以极为功利的方式来读书，因为只能那样。但对于中年人，从前"四十而不惑"，我已到"知天命"之年，应该读一点性情读物。我不喜欢看所谓王朝影视，因为有太多的权谋，我从来不看权谋类的书。

我建议，首先女人们不看这类书，男人们也可以不看。我们的人生真的时时刻刻与权谋有那么紧密的关系吗？到六十岁的时候，哪怕你就是权谋场上的人，也可以不看了吧！可以看一些性情读物，想读什么就读什么，而且要看那种淡泊名利的。你能留给自己的人生还有多少时光呢？建议老年人要看一些青少年的读物，了解青少年在看什么书，用他们的书来跟他们交谈。老同志不妨读一点儿儿童读物，也要看一点儿卡通，同时要回忆自己孩提时读过哪些书。格林兄弟、安徒生的童话中是不是还有值得讲给今天孩子们听听的。我感觉下一代在成长过程中是特别孤独的，他们很寂寞。

父母在很大程度上不可能成为儿童成长过程中的玩伴，他们工作非常紧张。孩子到了幼儿园，老师和阿姨们如何管理呢？第一听话，第二老实。然后呢，最多讲讲有礼貌、讲卫生、唱点儿歌，如此而已。所以孩子们在幼儿园这个学龄前阶段是拘谨的，孩子在一起玩也是不放松的。在孩子们成长过程中，如果家庭环境是上有哥哥下有弟妹，并能够和街坊四邻的孩子一起任性地玩耍，那是最符合孩子天性的。

现在的孩子非常孤单，非常寂寞。孩子身上有总体的幽闭和内向的倾向。爷爷、奶奶读书之后和他们做隔代的交流、做隔代的朋友，而孩子读书时不和他们交流，书就会白读。有些书的内容、书的智慧一定是在交流过程中才产生出来的。

读书会让寂寞变成享受

都认为，寂寞是由于想做事而无事可做；想说话而无人与说；想改变自身所处的这一种境况而又改变不了。是的，以上基本就是寂寞的定义了。

寂寞是对人性的缓慢破坏。

寂寞相对于人的心灵,好比锈相对于某些极容易生锈的金属。

但不是所有的金属都那么容易生锈。金子就根本不生锈。不锈钢的拒腐蚀性也很强。而铁和铜，我们都知道的，它们之极容易生锈像体质弱的人极容易伤风感冒。

某次和大学生们对话时，被问：阅读的习惯对人究竟有什么好处？我回答了几条，最后一条是——可以使人具有特别长期的抵抗寂寞的能力。他们笑。我看出他们皆不以为然。他们的表情告诉了我他们的想法——但我们需要具备这一种能力干什么呢？是啊，他们都那么年轻，大学又是成千上万的青年学子云集的地方，一间寝室住六名同学，寂寞沾不上他们的边啊！但我也同时看出，其实他们中某些人内心深处别提有多寂寞了。而大学给我的印象正是一个寂寞的地方。大学的寂寞包藏在许多学子追逐时尚和娱乐的现象之下。所以他们渴望听老师以外的人和他们说话，不管那样的一个人是干什么的，哪怕是一名犯人在当众忏悔。似乎，越是和他们的专业无关的话题，他们参与的热忱越活跃。因为正是在那样的时候，他们内心深处的寂寞获得了适量的释放一下的机会。

故我以为，寂寞还有更深层的定义，那就是——从早到晚所做之事，并非自己最有兴趣的事；从早到晚总在说些什么，但没几句是自己最想说的话；即使改变了这一种境况，另一种新的境况也还是如此，自己又比任何别人更清楚这一点。这是人在人群中的一种寂寞。这是人置身于种种热闹中的一种寂寞。这是另类的寂寞，现代的寂寞。如果这样的一个人，心头中再连值得回忆一下的往事都没有，头脑中再连值得梳理一下的思想都没有，那么他或她的人性，很快就会从外表锈到中间的。无论是表层的寂寞，还是深层的寂寞，要抵抗住它对人心的伤害，那都是需要一种人性的大能力的。

我的父亲虽然只不过是一名普普通通的建筑工人，但在"文革"中，也遭到了流放式的对待。仅仅因为他这个十四岁闯关东的人，在哈尔滨学会了几句日语和俄语，便被怀疑是日俄双料潜伏特务，差不多有七八年的时间，他独自一人被发配到四川的深山里为工人食堂种菜。他一人开了一大片荒地，一年到头不停地种，不停地收。隔两三个月有车开入深山给他送一次粮食和盐，并拉走菜。他靠什么排遣寂寞呢？近五十岁的男人了，我的父亲，他学起了织毛衣。没有第二个人，没有电，连猫狗也没有，更没有任何可读物。有对于他也是白有，因为他是文盲。他劈竹子自己磨制了几根织针。七八年里，将他带上山的新的旧的劳保手套一双双拆绕成线团，为我们几个儿女织袜子，织线背心。这一种从前的女人才有的技能，他一直保持到逝世那一年，织成了他的习惯。那一年他七十七岁。

劳动者为了不使自己的心灵变成容易生锈的铁，或铜，也只有被逼出了那么一种能力。而知识者，我以为，正因为所感受到的寂寞往往是更深层的，所以需要有更强的抵抗寂寞的能力。这一种能力，除了靠阅读来培养，目前我还贡献不出别种办法。

胡风先生从 1954 年被打成"反革命"后，直到 1979 年获释，1980 年平反，其间被囚禁的时间长达 25 年。

他的心经受过双重的寂寞的伤害。胡风先生逝世后，我曾见过他的夫人一面，惴惴地问："先生靠什么抵抗住了那么漫长的与世隔绝的寂寞？"她说："还能靠什么呢？靠回忆，靠思想。否则他的精神早崩溃了，他毕竟不是什么特殊材料的人啊！"但我心中暗想，胡风先生其实太够得上是特殊材料的人了啊！幸亏他是大知识分子，故有值得一再回忆之事，故有值得一再梳理之思想。若换了我的父亲，仅仅靠拆了劳保手套织东西，肯定是要在漫长的寂寞伤害之下疯了的吧？

知识给予知识分子之最宝贵的能力是思想的能力。因为靠了思想的能力，无论被置于何种孤单的境地，人都不会丧失最后一个交谈伙伴，而那正是他自己。自己与自己交谈，哪怕仅仅做这一件在别人看来什么也没做的事，也足以抵抗很漫长很漫长的寂寞。如果居然还侥幸有笔有足够的纸，孤独和可怕的寂寞也许还会开出意外的花朵。《绞刑架下的报告》，《可爱的中国》，《堂吉诃德》的某些章节，欧·亨利的某些经典短篇，便是在牢房里开出的思想的或文学的花朵。

知识分子靠了思想善于激活自己的回忆。所以回忆之于知识分子，并不仅仅是一些过去的没有什么意义的日子和经历。哪怕它们真的是苍白的，思想也能从那苍白中挤压出最后的意义——它们所以苍白的原因。思想使回忆成为知识分子的驼峰。而最强大的寂寞，还不是想做什么事而无事可做，想说话而无人可说；是想回忆而没有什么值得回忆的，是想思想而早已丧失了思想的习惯。这时人就自己赶走了最后一个陪伴他的人，他一生最忠诚的朋友——他自己。

谁都不要错误地认为孤独和寂寞这两件事永远不会找到自己头上。现在社会的真相告诉我们，那两件事迟早会袭击我们。

人啊，为了使自己具有抵抗寂寞的能力，读书吧！

人啊，一旦具备了这一种能力，某些正常情况下，孤独和寂寞还会由自己调节为享受着的时光呢！

信不信，随你……

读书是最对得起付出的一件事

我很幸运，我的外祖父喜欢读书，为母亲读了很多唱本，所以，虽然母亲是文盲，但能给我讲故事。到少年时期，我认识了一些字，看小人书、连环画。那个年代，小人书铺的店主会把每本新书的书皮扯下来，像穿糖葫芦一样穿成一串，然后编上号、挂在墙上，供读者选择。由于囊中羞涩，你要培养起一种能力——看书皮儿，了解这本书讲的故事是中国的还是外国的，是古代的还是当代的，从而作出判断，决定究竟要不要花两分钱来读它。

小学四五年级，我开始看文学类书籍。从 1949 年到 1966 年我上中学期间，全国出版的比较著名的长篇小说也就二十几部，另外还有一些翻译的外国小说，加在一起不会超过五六十部。我差不多在那个时期把这些书都读完了，下乡之后就成了一个心中有故事的人。

从听故事、看小人书到读名著，可以说这是一脉相承的——没有听过故事的人很难对小人书发生兴趣，长大以后自然也不会爱读书。可见，家庭环境对培养子女阅读习惯有多重要！

　　好人是个什么概念？好人是天生的吗？我想，有一部分是跟基因有关的，就像我们常说的"善根"。但是，大多数人后天是要变化的，正如《三字经》所讲的"人之初，性本善，性相近，习相远"。当年，我们拿起的任何一本书，有个最基本的命题，就是善，或者说人道主义。我们读书时，会对书中的正面人物产生敬意，继而以其为榜样，他们怎么做，我们也会学着做。学得多了，也就自然而然地走上了这条路。可以得出一个结论：一个人读了很多好书，他很可能是个好人。我实实在在地感受到了书籍对自己的改变，在"底色"的层面影响了我。因此，我对书籍的感激超越常人。

　　在互联网时代，我们看到很多暴力、色情等不良内容。这是网络文化产生以后，全世界所面临的共同性问题。但是，我们也必须看到一点，外国人很快就从这个泡沫中摆脱出来了——他们过了一把瘾，明白电脑和手机只不过是工具，没营养的内容很浪费时间；而且，这些不良内容就像无形的绳子，套住你品位使劲往下拽，往往还是"下无止境"的。如果我们的亲人和朋友们也成了这种低俗文化娱乐的爱好者，我们也会感到悲哀。

　　咱们的电视节目跟五六年前相比已经发生了变化——不仅仅以"逗乐"为唯一目的了，加进了友情、亲情的温暖和对是非对错的判断。这些正面的社会价值观开始不断进入我们的视野。当然，节目本身的品质也是重点。要相信，我们的大多数创作者会逐渐体会到：不应该只停留在"逗乐"的层次上。至于网络上的不良内容和受众人群，我感到遗憾——有那么多好的书、好的文章给读者带来各种美好的可能性，你为什么偏要往那么低下的方向走呢？娱乐也是需要体面的。看一本《金瓶梅》说明不了什么，但如果只找这类书和片段来看就有问题了。这样做人不就毁了吗？在当代社会，这样的人已经和那些文字垃圾变成同一堆了。现在，有些青年就愿意沉浸在那样的泡沫里，那就不要抱怨你的人生没有希望。

个人有没有文化自信？当然有。在日常生活中，我就经常看到许多人处于自卑的状态，哪怕他们成了有钱人，当了官，一谈到文化，他们就不自信了。而我也接触过一些普通人，他在文化上是自信的，可以和任何人平等地谈某一段历史、某一个话题。书和人的关系就在这儿——在教育资源、社会资源等方面，你无法跟那些出身于上层社会富裕家庭的孩子相比；但在读书这件事上，你们是平等的。无论你端盘子，开饭馆，或是工厂里的普通工人，那么多的好书就摆在那儿供你选择。与其怨天尤人——我没有一个好爸爸、好家庭，连朋友都在同样层面，不如看看眼前这条路，路上铺满了书。

读书是最对得起付出的一件事，你多读一本好书，就会对你产生影响。实际上，除了书籍，没有其他的方式能够使普通青年朝向学者、作家这条路走过去。只要你曾经花过十年或者更多的时间去读好书，无论做什么，都有自信。

我们年轻时手头很紧，花八角钱买一本书也会犹豫。现在的经济条件好了太多，一本书即便是四五十元，也不过就是一场电影票的钱，年轻人却不愿意读书了。现在，中国人口已经超过十四亿，而我们的读书人口比例的世界排名是很靠后的，和发达国家的差距很大。在地铁上，满眼望去，在一万个人里可能都挑不到一个有读书习惯的人。在现实生活中，从一个人的言行中就能看到他们的父母与家庭，以及更深层次的文化背景。那些只顾着"追星"的"追星族"还能活到什么高度？其实，我这么说的时候，包含着一种心疼。

关于大学校园写作

这当然是一个挺文学的话题。

但我以为这还并不是一个"纯粹"的文学的话题，亦即不是探讨文学本身诸元素的话题。是的，它与文学有关，却只不过是一种表浅的关系。

我理解这个话题的意思其实是这样的——在大学校园里，大学生们普遍以哪几类状态写作？我倾向于鼓励哪几种状态的写作？

我想，大致可以归结如下吧。

第一，性情写作。

中国古典诗词中此类写作的"样品"比比皆是。如诸位都知道的杜甫的诗句"两个黄鹂鸣翠柳，一行白鹭上青天"；如陶渊明的"采菊东篱下，悠然见南山"；如李清照的"知否，知否，应是绿肥红瘦"；如王勃的"青山高而望远，白云深而路遥"；等等。在我这儿，便都视为性情写作。既曰性情写作，定当有写的闲情逸致。有时候给别人的印象是闲情逸致得不得了，也许在作者却是"伪装",字里行间隐含的是忧思苦绪。有时给人的印象是忧思苦绪满纸张,也许在作者那儿却是"为赋新词强说愁"。最根本的一点是,这一类写作往往毫无功利性,几乎完全是个人心境的记录,不打算发表了博取赞赏,甚至也不打算出示给他人看。此类写作,于古代诗人词人而言乃极为寻常之事。现代的人中,较少有如此这般的现象了。然而我以我眼扫描大学校园写作现象,发现大学生中确乎是有这样的写作之人的。他们和她们,多少还有点儿清高,不屑于向校报和校刊投稿。哪怕它们是爱好文学的同学们自己办的。

我是相当肯定这一类写作状态的。依我想来,这证明着写作与人的最自然最朴素的一种关系。好比一个人兴之所至,引吭高歌或轻吟低唱甚或手舞足蹈。这一类写作,它是为自己的性情"服务"的写作。我们的性情在写的过程中能摆脱浮躁和乖张以及乖戾之气。即使原本那样着,一经写毕,往往也就自行排遣了大半。但我又不主张人太过清高,既写了,自认为不错的话,何妨支持支持办刊的同学。不是说一个好汉还需要三个帮吗?遭退稿了也不必在乎。因为原本是兴之所至自己写给自己看的呀!

第二,感情写作。

感情写作,在我这儿之所以认为与性情写作有些区别,乃因这一类写作,往往几乎是不写不行。不写,便过不了那一道感情的"坎儿"。只有写出,感情才会平复一些。那感情,或是亲情,或是爱情,或是友情,或是乡情,或是人心被事物所系所结分解不开的某一种情。通过写,得以自缓。比如李白的《静夜思》;

比如杜甫想念李白的诗，王维想念友人的诗；比如季羡林、萧乾、老舍忆母亲的文章；比如朱德的《回忆我的母亲》，无不是感情极真极挚状态之下的写作。与性情写作之写作为性情"服务"相反，这一类写作往往体现为感情为写作"服务"。我的意思是，感情反而是一个载体了，它选择了写作这一种方式来寄托它，来流露它，来表达它。它的品质是以"真"为前提的，不像性情写作，往往有意识或无意识地追求"美""酷""雅"，甚或一味希望表现"深刻""前卫""另类"什么的。它更没有半点儿"为赋新词强说愁"的矫揉造作；它有时也许是仓促的、粗糙的，直白而不讲究任何写作章法和技巧的，但即使那样，它的基本品质也仍是"真"的。而纵然写它的人是清高的、孤傲的、睥睨众生的，一经写出，那也是不拒绝任何人成为读者的。因为他或她实际上希望自己记录了的感情，让更多的人知道、理解、认同。只有这样，那些"债"似的感情，才算偿还了。人性的纠缠之状，才得以平复。心灵的结节，才得以舒展，由此生长出感激。此时人将会明白感激他人、感激人生、感激世界包括感激写作本身对自己的心灵是多么的必要。

我尤其主张同学们最初进行这样的写作。原因不言自明。如果诸位竟真的不明白，我便更无话可说。我在你们中，太少发现这类写作。笔连着心的状态之下的写作，人更容易领会写作这件事的意味。如果说我也发现过这类写作，那十之八九是记录你们的校园恋情的。我绝不反对校园恋情写作。但诸位似应想一想，问一问自己，值得一写的感情，除了恋情这一件事，在自己内心里，是否还应有别的。确实还有别的，与确实一无所有，对人心而言，状况大为不同。

第三，自悦写作。

这是一种主要由"喜欢"所促进着的写作状态。"喜欢"的程度即是牵动力的大小。性情写作往往是一时性的，离开了校园可能即自行宣告终结。感情写作甚至是一次性的，在校园外其一次性也较普遍地体现着。其"一次性"成果也许是一篇文章，也许是一本书，甚或是一部电影、一部电视连续剧。相对于职业写作者，其"成果"愿望又往往特别执拗，专执一念，不达目的誓不罢休。愿望一经实现，仿佛心病剔除，从此金盆洗手，不再染指。

而自悦写作，既是由"喜欢"所促进着的，故有一定的可持续性，也许成为长久爱好。但又不执迷，视为陶冶性情之事而已。他们也有发表欲，发表了尤悦。但又不怎么强烈，不能发表，亦悦。故曰自悦写作。人没了闲情逸致，便呆板。呆板之人，为人处世也僵化。人没了陶冶性情的自觉，便难免心胸狭窄，劣念杂生。闲情和逸致使人性变得润泽，使人生变得通达有趣。以阅读和写作来承载闲情和逸致，除了精力和时间问题，毫无需硬性投资。不像收藏字画古玩，得花不少的钱。

故我对自悦写作是极倡导的，因为它几乎可以施益于人人。其实，最传统最古老的自悦式写作，便是写"日记"。我以为小品文、随笔等文本，一定与古人的"日记"习惯有关。

第四，悦人写作。

这一类写作，是"后自悦写作"现象。此时写作这一件事对于人，已上升为一种超越"自悦"的现象。人开始对写作有了"意义"

的意识，希望自己的写作内容，也值得别人阅读。在这些人那儿，有意思和有意义，往往结合得较好。这乃是更高层面的一类写作现象。这些人中，日后会涌现优秀的职业或业余写作者。

第五，自娱写作。

此类写作，内容及文风，都带有显见的嬉戏性、调侃性、黄色的灰色的黑色的幽默性。所谓"痢痢头文化"，与此类写作的兴起有关，也是此类写作乐于汇入的一种"文化场"。一言以蔽之，它带有很大的搞笑性，但又多少高于一般小品相声的水平。其中不乏精妙之例，但为数不多。大学校园里的自娱写作，除了黄色的，其他各色方兴未艾。但不是体现于校报校刊，甚至也不体现于同学们自己办的纯"民间"校园报刊上，而更体现在网上。至于你们化了个名"发表"在网上的自娱写作，是否也不乏浅黄橘黄米黄，我未作了解，不得而知。

坦率地讲，我对自娱写作之说法，起初是莫名其妙的。什么叫自娱写作呢？不得其解。终于明白了以后，我从说法上是不承认的。现在也不承认。不是指我根本否定这类写作，而是认为"自娱写作"的说法其实极不恰当。前边我已谈到，有意思本身即成一种写作的意义，只要那点儿意思不低级。自娱写作往往在有意思方面优胜于别类写作，我干吗非要反对呢？我不明白的是——倘问一个人在干什么，他说在自悦，这我们不会觉得愕然的。悦就是愉悦啊。一个人在聚精会神地下一盘棋，那也会是他愉悦的时光。但娱是娱乐、欢娱。一个人的写作内容无论多么有意思，多么富有嬉戏性、搞笑性，那也绝不可能仅仅是为了自娱。绝不可能自己写完了，笑够了，于是一件事作罢，拉倒。说是自娱，目的其实在于娱人。没见过一个人说单口相声给自己听，自己搞笑给自己看的。周星驰主演的《大话西游》，乃是搞笑给大众看的。一人乐乐，岂如与人同乐？所以细分析起来，其实只有娱乐性写作一说。在写的人，主要之目的是"娱"他人，更多的人。他人不"娱"，则己不能"娱"也。更多的人"娱"了，自己才"娱"。

这种写作不同于以上几种写作。企图听到叫好反应的心思往往是相当强烈的。正如在生活中，开别人的玩笑是为了自己和众人开心。开自己的玩笑也是为了同一目的。生活中有什么现象，文学中便有什么现象。文学中有什么现象，就证明人生对写作这一件事有什么需求。这种写作又可能是一个嘻嘻哈哈的陷阱。在低标准上也许流于庸俗，甚至可能流于痞邪。正如生活中有人专以羞辱耍弄他人为乐，为能事。自得其乐，不以为耻。民间叫"耍狗蹦子"。这类写作在低标准上既如此容易，且往往不无闲男散女的叫好、喝彩和廉价的笑声，所以常诱专善此道的人着迷于此。写的和看的，都到了这份儿上，便是一种文化的吸毒现象了。起码是一种嗜痂现象。

大学学子，尤其是中文学子，始于娱乐写作，无妨。但又何妨超越一下娱乐写作呢？因为是大学生啊！因为是学中文的啊！

以哪一类写作超越之呢？

我主张诸位也要尝试自修写作、人文写作。自修写作，无非启智、言志、省悟人生、感受人性细腻之处兼及解惑于人。人人都希望自强，但不知自修又何谈自强？自修写作，提升我们的认知方法、思想方法、感情方式，能使我们做人处世有原则。而人文写作，弘扬人性、人道和社会良知，乃是人类写作历史延续至今的主要理由之一。

我主张，同学们尤其是那些也想要写作，但入大学以前，除了作文几乎没进行过别类写作的同学，首先从感情写作并接近文学意义上的写作入手。当写作这一件事与我们心灵的感情闸门相关了，技巧是处于第二位的。

在文学欣赏教学中，也许会将一篇情真意切的作品解构了，横讲竖讲。仿佛那样一篇作品，是按照最经典的文学原理，以最高超的技法将内容组合起来的，于是才达到了完美似的。其实，我的体会不是那样的。那时的写作者头脑之中，是连读者也不考虑的。那时写作这一件事变得相当纯粹，只是为了记录一种感情而已。因为纯粹，所以写作变得像自然界的事物一样自然而然。

但必须强调，我这样说是相对的……因为修辞能力，体会情感深浅的区别，个人禀赋的区别，使这类习写状态差距极大。

我之所以有此建议，乃因它根本不理会技法和经验。所以往往不至于被技法和经验之类吓住了蒙住了而不敢写。为记录感情写作，人人当敢为之。既为之，所谓技法和经验，则必在过程之中自己体会到。有了些最初的体会再听传授，比完全没有自己体会的情况下，希望听足了再写，要好得多。

总而言之，写作这一件事，只听是不够的。大学中文的教学，听得太多，习写太少，所以容易眼高手低，流于嘴皮子上的功夫。

总而言之，以上一切写作，都比只听不写好。学着中文，只听不写，近乎自欺欺人……

我与文学

我对文学的理解，以及我的写作，当然和许多别人一样，曾受古今中外不少作品和作家的影响，影响确乎发生在我少年、青年和中年各个阶段。或持久，或短暂，却没有古今中外任何一位作家的文学理念和他们的作品一直影响着我。而我自己的文学观也在不断变化……

下面，我按自己的年龄阶段梳理那一种影响：

童年时期主要是母亲以讲故事的方式，向我灌输了某些戏剧化的大众文学内容，如《钓金龟》《铡美案》《乌盆记》《窦娥冤》《柳毅传书》《赵氏孤儿》《一捧雪》……

那些故事的主题，无非体现着民间的善恶观点和"孝""义"之诠释而已。母亲当年讲那些故事，目的决然不是培养我们的文学爱好。她只不过是怕我们将来不孝，使她伤心；也怕我们将来被民间舆论斥为不义小人，使她蒙耻。民间舆论的方式亦即现今所谓之口碑。东北人家，十之八九为外省流民落户扎根。哪里有流民生态，哪里便有"义"的崇尚。流民靠"义"字相互凝聚，也靠"义"字提升自己的品格地位。倘某某男人一旦被我民间舆论斥为不义小人，那么他在品格上几乎就万古不复了。我童年时期，深感民间舆论对人的品格，尤其是男人们的品格所进行的审判，是那么的权威，其公正性又似乎那么的不容置疑。故我小时候对"义"也是特别崇尚的。但流民文化所崇尚的"义"，其实只不过是"义气"，是水泊梁山和瓦岗寨兄弟帮那一种"义"。与正义往往有着质的区别，更非仁义。然而母亲所讲的那些故事，毕竟述自于传统戏剧，内容都是经过一代代戏剧家锤炼的，所传达的精神影响，也就多多少少地高于民间原则，比较地具有文学美学的意义了。对于我，等于是母乳以外的另一种营养。

这就是为什么，我早期小说中的男人，尤其那些男知青人物，大抵都是孝子，又大抵都特别义气的原因。我承认，在以上两点，我有按照我的标准美化我笔下人物的创作倾向。

在日常生活中，"义"字常使我临尴尬事，成尴尬人。比如我一中学同学，是哈市几乎家喻户晓的房地产老板。因涉嫌走私，忽一日遭通缉——夜里一点多，用手机在童影厂门外往我家里打电话。白天我已受到种种忠告，电话一响，便知是他打来的。虽无利益关系，真有同学之谊。不见，则不"义"；若往见之，则日后必有牵连。犹豫片刻，决定还是见。于是成了他逃亡国外前见到的最后一人。于是数次受公安司法部门郑重而严肃的面讯。说是审问也差不多。录口供、按手印、记录归档。

这是五六年前的事。

　　我至今困惑迷惘，不知一个头脑比我清醒的人，遇此事该取怎样的态度才是正确的态度。倘中学时代的亲密同学于落难之境急求一见而不见，结果虚惊一场，日后案情推翻（这种情况是常有的），我将有何面目复见斯人，复见斯人老母，复见斯人之兄弟姐妹？那中学时代深厚友情的质量，不是一下子就显出了它的脆薄性吗？这难道不是日后注定会使我们双方沮丧之事吗？

　　但，如果执行缉捕公务的对方们不由分说，先关押我三个月五个月，甚或一年半载，甚至更长时间（我是为一个"义"字充分做好了这种心理准备的），我自身又会落入何境？

　　有了诸如此类的经历后，我对文学、戏剧、电影有了新的认识。那就是：凡在虚构中张扬的，便是在现实中缺失的，起码是使现实人尴尬的。此点古今中外皆然。因在现实中缺失而在虚构中张扬的，只不过是借文学、戏剧、电影等方式安慰人心的写法。这一功能是传统的功能，也是一般的功能。严格地讲，是非现实主义的，归为理想主义的写法或更正确，而且是那种照顾大众接受意向的浅显境界的理想主义写法。揭示那种种使现实人面临尴尬的社会制度的、文化背景的，以及人性困惑的真相的写法，才更是现实主义的写法。回顾我早期的写作，虽自诩一直奉行现实主义，其实是在理想主义和现实主义之间左顾右盼，每顾此失彼，像徘徊于两岸两片草地之间的那一头寓言中的驴。就中国文学史上呈现的状态而言，我认为，近代的现实主义文学，其暧昧性大于古代；现代大于近代；当代大于现代。原因不唯在当代主流文学理念的禁束，也由于我及我以上几代写作者根本就是在相当不真实的文化背景的影响之下成长起来的。它最良好开明时的状态也不过就是暧昧。故我们先天的写作基因是潜伏着暧昧的成分。即使我们产生了叛逆主流文学理念禁束的冲动，我们也难以有改变我们先天基因的能力。

　　自幼所接受的关于"义"的原则，在现实之中又逢困惑和尴尬。对于写作者，这是多么不良的滋扰。倘写作者对此类事是不敏感的，置于脑后便是了。偏偏我又是对此类事极为敏感的写作者。这一种有话要说不吐不快的冲动，常变成难以抗拒的写作的冲动。而后一种冲动下快速产生的，自然不可能是什么文学，只不过是文学方式的社会发言而已……

　　我并非那类小时候便立志要当作家才成为作家的人。在我仅仅是一个爱听故事的孩子的年龄，我对作家这一种职业的理解是那么的单纯——用笔讲故事，并通过故事吸引别人感动别人的人。如果说这一种理解水平很低，那么我后来自认为对作家这一种职业似乎有了"成熟"多了的理解，实际上比我小时候的理解距离文学还要远些。如果我在二十余年的写作时间里，在千万余字的写作实践中，一直游弋于文学的海域，而不每每地被文字方式的社会发言的冲动所左右，我的文学意义上的收获，是否会比现在更值得自慰呢？

　　然而我并不特别地责怪自己。因为我明白，我所以曾那样，即使大错特错了，也不完全是我的错。从事某些职业的人，在时代因素的影响下，往往会变得不太像从事那些职业的人。比如"文革"时期的教师都有几分不太像教师；"文革"时期的学生更特别地不像学生。于今的我回顾自己走过的文学路，经常替自己感到遗憾和惋惜，甚至感到忧伤……

　　比较起来，我还是更喜欢那个爱听故事的孩子年龄的我。作家对文学的理解也许确乎越单纯越好。单纯的理解才更能引导我走上纯粹的路。而对于艺术范畴的一切职业，纯粹的路上才出纯粹的成果。

　　少年时期从小学四五年级起，我开始接触文学。不，那只能说是接近。此处所言之文学，也只不过是文学的胚胎。家居的街区内，有三四处小人书铺。我在那些小人书铺里度过了许多惬意的，无论什么时候回忆起来都觉得幸福的时光。今人大概一般认为，所谓文学的摇篮，起码是高校的中文系或文学系。但对我而言，当年那些小人书铺即是。小人书文字简洁明快，且可欣赏到有水平的甚至堪称一流的绘画。由于字数限制所难以传达的细致的文学成分，在小人书的情节性连贯绘画中，大抵会得以形象地表现。而这一点又往往胜过文学的描写。对于儿童和少年，小人书的美学营养是双重的。

　　小人书是我能咀嚼文学之前的"代乳品"。

　　但凡是一家小人书铺，至少有五六百本小人书。对于少年，那也几乎可以说是古今中外包罗万象了。有些取材于当年翻译过来的外国当代作品，那样的一些小人书以后的少年是根本看不到了。

　　比如《中锋在黎明前死去》——这是一本取材于美国当年的荒诞现实主义电影的小人书，讽刺资本对人性的霸道的侵略。讲一名足球中锋，被一位资本家连同终生人身自由一次性买断。而"中锋"贱卖自己是为了给儿子治病。资本家还以同样的方式买断了一名美丽的芭蕾舞女演员、一头人猿、一位生物学科学家，以及另外一些他认为"特别"的具有"可持续性"商业价值的人。他企图通过生物学科学家的实验和研究，迫使所有那些被他买断了终生人身自由的"特别"人相互杂交，再杂交后代，"培植"出成批的他所希望看到的"另类"人，并推向世界市场。"中锋"却与美丽的芭蕾舞女演员深深相爱了，而芭蕾舞女演员按照某项她当时不十分明白的合同条款，被资本家分配给人猿做"妻子"……

结局自然是悲惨的。美丽的芭蕾舞女演员被人猿撕碎；"中锋"掐死了资本家；生物学科学家疯了……

而"中锋"被判死刑。在黎明前，在一场世界锦标赛的海报业已贴得到处可见之后，"中锋"被推上了绞架……

这一部典型的美国好莱坞讽刺批判电影，是根据一部阿根廷20世纪50年代的剧本改编的，其内容不但涉及资本膨胀的势力与在全世界都极为关注的"克隆"实验，在其内容中也有超前的想象。倘滤去其内容中的社会立场所决定了的成分，仅从文学的一般规律性而言，我认为作者的虚构能力是出色的。

那一本小人书给我留下极深的印象。

比如《前面是急转弯》——这是一部苏联时期的社会现实题材小说。问世后很快就拍成了电影，并在当年的中国放映过。但我没有机会看到它，我看到的是根据电影改编的小人书。

　　它讲述了这样一件事：踌躇满志事业有成的男人，连夜从外地驾车赶回莫斯科，渴望着与他漂亮的未婚妻度过甜蜜幸福的周末时光。途中他的车灯照见了一个卧在公路上的人。他下车看时，见那人全身浸在一片血泊中。那人被另一辆车撞了。撞那人的司机畏罪驾车逃遁了。那人还活着，还有救，哀求主人公将自己送到医院去。在公路的那一地点，已能望见莫斯科市区的灯光了。将不幸的人及时送到医院，只不过需要二十几分钟。主人公看着血泊中不幸的人却犹豫了。他暗想如果对方死在他的车上呢？那么他将受到司法机关的审问，那么他将不能与未婚妻共同度过甜蜜幸福的周末了，难道自己连夜从外地赶回莫斯科，只不过是为了救眼前这个血泊中的人吗？他的车座椅套是才换的呀！那花了他不少的一笔钱呢！何况，没有第三者做证，如果他自己被怀疑是肇事司机呢？那么他的事业，他的地位，他的婚姻，他整个的人生……

　　在不幸的卧于血泊中的人苦苦地哀求之下，他一步步后退，跳上自己的车，绕开血泊加速开走了。

　　他确实与未婚妻度过了一个甜蜜幸福的周末。

　　他当然对谁都只字不提他在公路上遇到的事，包括他深深地爱着的未婚妻。

　　然而他的车毕竟在公路上留下了轮印，他还是被传讯并被收押了。

　　在审讯中，他力辩自己的清白无辜。为了证明他并没说谎，他如实"交代"了自己的真实想法……

当然，肇事司机最终还是被调查到了。

无罪的他获释了。

但他漂亮的未婚妻已不能再爱他。因为那姑娘根本无法接受这样一个事实——她不但爱而且尊敬的这个男人，竟会见死不救。非但见死不救，还在二十几分钟后与她饮着香槟谈笑风生、诙谐幽默，并紧接着和她做爱……

他的同事们也没法像以前那样对他友好了……

他无罪，但依然失去了许多……

这一部电影据说在当年的苏联获得好评。在当年的中国，影院放映率却一点儿也不高。因为在当年的中国，救死扶伤的公德教育深入人心，可以说是蔚然成风。这一部当年的苏联电影所反映的事件，似乎是当年的中国人很难理解的。正如许多中国人当年很难理解安娜·卡列尼娜为什么非离婚不可……

我承认，我还是挺欣赏苏联某些文学作品和电影中的道德影响力的。

此刻，我伏案写到此处，头脑中一个大困惑忽然产生了——救死扶伤的公德教育（确切地说应该是人性和人道教育）在当年的中国确曾深入人心，确曾蔚然成风——但"文革"中发生的残酷事件，不也是千般百种举不胜举吗？为什么一个民族会从前一种事实一下子就转移到后一种事实了呢？

是前一种事实不真实吗？

我是从那个时代成长过来的。我感觉那个时代在那一点上是真实的啊。

是后一种事实被夸张了吗？

我也是从后一个时代经历过来的。我感觉后一个时代确乎是可怕的时代啊。

我想，此转折中，我指的非是政治的而是人性的——肯定包含着某些规律性的至为深刻的原因。它究竟是什么，我以后要思考思考……

倘一名少年或少女手捧一本内容具有文学价值的小人书看着，无论他或她是在哪里看着，其情形都会立刻勾起我对自己少年时代看小人书度过的那些美好时光的回忆，并且，使我心中生出一片温馨的感动……

我至今保留着三十几本早年出版的小人书。

中学时代某些小人书里的故事深印在我头脑中，使我渴望看到那些故事在"大书"里是怎样的。我不择手段地满足自己对文学作品的阅读癖，也几乎是不择手段地积累自己的财富——书。

与我家一墙之隔的邻居姓卢。卢叔是个体收破烂的，经常收回旧书。我的财富往往来自他收破烂的手推车。我从中发现了《白蛇传》和《梁祝》的戏剧唱本，而且是新中国成立前的，有点儿"黄色"内容的那一种。一部破烂不堪的《聊斋志异》也曾使我欣喜若狂如获至宝。

《白蛇传》是我特别喜欢的文学故事。古今中外，美丽的、婉约的、缠绵于爱、为爱敢恨敢舍生忘死拔剑以拼的巨蛇只有一条，那就是白娘子白素贞。她为爱所受之苦难，使是中学生的我那么那么地心疼她。我不怎么喜欢许仙。我觉得爱有时是值得越乎理性的。白娘子对许仙的爱便值得他越乎理性地守住。既可超乎理性，又怎忍歧视她为异类？当年我常想，我长大了，倘有一女子那般爱我，则不管她是蛇，是狮虎，是狼，甚至是鬼怪，我都定当以同样程度同样质量的爱回报她。哪怕她哪一天恶性大发吃了我，我也并不后悔。正如今天流行歌曲唱的"爱不需要天长地久，爱只需要曾经拥有"。

但是《白蛇传》又从另一方面影响了我的情爱观，那就是——我从少年时期起便本能地惧怕轰轰烈烈的、不顾生不顾死的那一种爱。我觉得我的生命肯定不能承受爱得如此之重。向往之，亦畏之。少年的我，对家庭已有了责任意识，而且是必须担当的责任意识，故常胡思乱想——倘若将来果真被一个女子以白蛇那一种不顾生不顾死的方式爱着了，我可究竟该怎么办才好呢？我是明明不可以相陪着不顾生不顾死地爱的啊！倘我为爱而死，谁来孝敬母亲呢？谁来照顾患精神病的哥哥呢？进而又想，我若一孤儿，或干脆像孙悟空似的，是从石头里"生"出来的，那多好。那不是就可以无牵无挂地爱了吗？这么想，又立刻意识到对父母对家庭很罪过，于是内疚，自责……

《梁祝》的浪漫也是我极为欣赏的。

我认为这一则文学故事的风格是完美的。以浪漫主义的"欢乐颂"式的喜悦情节开篇；以现实主义的正剧转悲剧的起承跌宕推进人物命运；又以更高境界的浪漫主义情调扫荡悲剧的压抑，达到想象力的至臻至美。它绮丽幽雅，飘逸隽永，"秾纤得衷，修短合度"。

我认为就一则爱情故事而言,其浪漫主义与现实主义相结合得出神入化,古今中外,无其上者。

据说,在某些大学中文系的课堂,《白蛇传》和《梁祝》的地位只不过列在"民间故事"的等级。而在我的欣赏视野内,它们是经典的、绝对一流的、正宗的雅文学作品。

梁斌的《红旗谱》以及下部《播火记》给我的阅读印象也很深。

《红旗谱》中有一贫苦农民严志和,严志和有二子,长子运涛,次子江涛。江涛虽为农家子,却仪表斯文,且考上了保定师专。师专有一位严教授,严教授有一独生女严萍,秀丽、聪慧、善良,具叛逆性格。她与江涛相爱。

中学时期的我,常想象自己是江涛,梦想班里似乎像严萍的女生注意我的存在,并喜欢我。

这一种从未告人的想象延续不灭,至青年,至中年,至于今。往往忘了年龄,觉得自己又是学生,相陪着一名叫严萍的女生逛集市。而那集市的时代背景,当然是《红旗谱》的年代。似乎只有在那样的年代,一串糖葫芦两人你咬下一颗我咬下一颗地吃,才更能体会少年之恋的甜。在我这儿,一枝红玫瑰的感觉太正儿八经了;倘相陪着逛大商场,买了金项链什么的再去吃把牛火锅,非我所愿,也不会觉得内心里多么的美气……

当然我还读了高尔基的"三部曲";读了《牛虻》《钢铁是怎样炼成的》《红岩》《斯巴达克斯》等。

蒲松龄笔下那些美且善的花精狐妹、仙姬鬼女,皆我所爱。松龄先生的文采,是我百读不厌的。于今,偶游刹寺庙庵,每做如是遐想——倘年代复古，愿寄宿院中，深夜秉烛静读，一边留心侧耳，若闻有女子低吟"玄夜凄风却倒吹，流萤惹草复沾帏"，必答"幽情苦绪何人见，翠袖单寒月上时"，并敞门礼纳……

另有几篇小说不但对我的文学观，而且对我的心灵成长，对我的道德观和人生观发生影响。

陀思妥耶夫斯基的《白夜》。

这是一个短篇。内容：一个美丽的少女与外祖母相依为命。外祖母视其为珠宝，唯恐被"盗"，于是做了一件连体双人衫。自己踏缝纫机时，与少女共同穿上，这样少女就离不开她了，只有端端地坐在她旁边看书。但要爱的心是管不住的。少女爱上了家中房客，一位一无所有的青年求学者，每夜与他幽会。后来他去彼得堡应考，泥牛入海，杳无音讯。少女感到被抛弃了，常以泪洗面。在记忆中，此小说是以"我"讲述的。"我"租住在少女家阁楼上。"我"渐渐爱上了少女。少女的心在被弃的情况下是多么需要抚慰啊！就在"我"似乎以同情赢得少女的心，就在"我"双手捧住少女的脸颊欲吻她时，少女猛地推开了"我"跑向前去——她爱的青年正在那时回来了。于是他们久久地拥吻在一起……而"我"又失落又感动，心境亦苦亦甜，眼中不禁盈泪，缓缓转身离去。那一个夜晚月光如水。那是"我"记忆中最明亮的夜……

陀氏以第一人称写的小说极少。甚至，也许仅此一篇吧？此篇一反他作品一贯阴郁冷漠的风格，温馨圣洁。它告诉中学时期的我：爱不总是自私的，爱的失落也不必总是"心口永远的痛"……

马卡连柯的《教育诗》。

内容：职任苏维埃共和国初期的孤儿院院长马卡连柯，在孤儿院粮食短缺的情况下，将一笔巨款和一支枪、一匹马交给了孤儿中一个"劣迹"分明的青年，并言明自己交托的巨大信任，对孤儿院的全体孩子意味着什么。那青年几乎什么也没表示便接钱、接枪上马走了。半个月过去，人们都开始谴责马卡连柯。但某天深夜，那青年终于疲惫不堪地引领着押粮队回来了，他路上还遇到了土匪，生命险些不保。

他问马卡连柯："院长，您是为了考验我吗？"马卡连柯诚实地回答："是的。""如果我利用了您的考验呢？""当时的情况不允许我这样想。你知道的，只有你一个人能完成任务。""那么，您胜利了。""不，孩子，是你自己胜利了。"高尔基看了《教育诗》大为感动，邀见了马卡连柯院长，促膝长谈。它使中学时期的我相信：给似乎不值得信任的人一次值得信任的机会，未尝不是必要的。人心渴望被信任，正如植物不能长期缺水。但是后来我的种种经历亦从反面教育我——那确乎等于是在冒险。

托尔斯泰的《复活》。

这部小说使中学时期的我害怕：倘一个人导致了另一个人的悲剧，而自己不论以怎样的方式忏悔都不能获得原谅，那么他将拿自己怎么办？

法朗士的《衬衫》。

内容：国王生病，病症是倍感自己的不幸福。于是名医开方——找到一件幸福的人穿过的衬衫让国王穿，幸福的微粒就会被国王的皮肤吸收。于是到处寻找幸福的人。举国上下找了个遍，竟无人幸福。那些因权力、地位、财富、名望、容貌而被别人羡慕的人，其实都有种种的不幸福。最令人苦笑不禁的是：有人因自己的妻子是国王的情妇而不幸福；也有人因自己的妻子不能是国王的情妇而不幸福。最后找到了一个在田间小憩的农夫，赤裸上身快乐吹笛。问其幸福否，答正幸福着。于是许以城池，仅求一衫。农夫叹曰：我穷得连一件衬衫都没有……

它使中学时期的我对大人们的人生极为困惑：难道幸福仅仅是一个词罢了？后来我的人生经历渐渐教育我明白：幸福只不过是人一事一时，或一个时期的体会。一生幸福的人，大约真的是没有的……

"文革"中我获得了一个绝好的机会——半个月内，昼夜看管学校图书室。那是我以"红卫兵"的名义强烈要求到的责任。有的夜晚我枕书睡在图书室。虽然只不过是一所中学的图书室，却也有两千多册图书。于是我如饥似渴地读雨果、霍桑、司汤达、狄更斯、哈代、卢梭、梅里美、莫泊桑、大仲马、小仲马、罗曼·罗兰等等。

于是我的文学视野，由苏俄文学，而拓宽向 18 世纪、19 世纪西方大师们的作品……

拜伦的激情、雪莱的抒情、雨果的浪漫与恣肆磅礴、托尔斯泰的从容大气、哈代的忧郁、罗曼·罗兰的蕴藉深远以及契诃夫的敏感、巴尔扎克的笔触广泛，至今使我钦佩。

莎士比亚没怎么影响过我。

《红楼梦》我也不是太爱看。

却对安徒生和格林兄弟的童话至今情有独钟。

西方名著中有一种营养对我是重要的，那就是善待和关怀人性的传统以及弘扬人道精神。

今天的某些评者讽我写作中的"道义担当"之可笑。

而我想说：其实最高的道德非它，乃人道。我从中学时代渐悟此点。我感激使我明白这一道理的那些书。因而，在"文革"中，我才是一个善良的"红卫兵"。因而，大约在1984年，我有幸参加过一次《政府工作报告草案》的党外讨论，力陈有必要写入"对青少年一代加强人性和人道教育"。后来，《报告》中写入了，但修饰为"社会主义的人性和革命的人道主义教育"。我甚至在1979年就写了一篇辩文《浅谈"共同人性"和"超阶级的人性"》。

以上，大致勾勒出了我这样一个作家的文学观形成的背景。我是在中外"古典"文学的影响之下决定写作人生的。这与受现代派文学影响的作家们是颇为不同的。我不想太现代，但也不会一味崇尚"古典"。因为中外"古典"文学中的许多人事，今天又重新在中国上演为现实。现实有时也大批"复制"文学人物及情节和事件。真正的现代的意义，在中国，依我想来，似应从这一种现实对文学的"复制"中窥见深刻。但这非我有能力做到的。在中国古典白话长篇小说中，我喜欢的名著依次如下：《三国演义》《西游记》《封神演义》《水浒传》《隋唐演义》《红楼梦》《老残游记》《聊斋志异》……我喜欢《三国演义》的气势磅礴、场面恢宏、塑造人物独具匠心的情节和细节。

中外评家在评到托尔斯泰的《安娜·卡列尼娜》时，总不忘对它的开卷之语溢美有加。正如我们都知道的，那句话是："幸福的家庭是相似的。不幸的家庭各有各的不幸。"

据说，托翁写废了许多页稿纸，苦闷多日才确定了此开卷之语。

于是都知道此语是多么多么的好，此事亦成美谈。

然我以为，若与《三国演义》的开卷之语相比，则似乎顿时失色。"话说天下大事，分久必合，合久必分。"我常觉得能说出这样话的一定不是凡人。当然，两部小说的内容根本不同，是不可以强拉硬扯地胡乱相比的。我明知而非要相比，实在是由于钦佩。

我一直认为这是一部关于一个国家的一次形成的伟大小说。它所包含的政治的、军事的、外交的以及择才用人的思想，直至现今依然是熠熠闪光的。在惊天地泣鬼神的大战役的背景之下刻画人物，后来无其上者。

《三国演义》是绝对当得起"高大"二字的小说。

我喜欢《西游记》的想象力。我觉得那是一个人的想象天才伴随着愉快所达到的空前绝后的程度。娱乐全球的美国电影《蝙蝠侠》啦，《超人》啦，《星球大战》啦，一比就都被比得小儿科了。《西游记》乃天才的写家为我们后人留下的第一"好玩儿"的小说。《封神演义》的想象力不逊于《西游记》，它常使我联想到荷马的《伊利亚特》和《奥德修斯》。"雷震子"和"土行孙"

二人物形象，证明着人类想象力所能达到的妙境。在全部西方诸神中，模样天真又顽皮的爱神丘比特，也证明着人类想象力所能达到的妙境。东西方人类的想象力在这一点上相映成趣。

《封神演义》乃小说写家将极富娱乐性的小说写得极庄严的一个范本。《西游记》的"气质"是喜剧的；《封神演义》的"精神"却是特别正剧的，而且处处呈现着悲剧的色彩。

我喜欢《水浒传》刻画人物方面的细节。几乎每一个主要人物的出场都是精彩的，而且在文学的意义上是经典的。少年时我对书中的"义"心领神会。青年以后则开始渐渐形成批判的态度了。梁山泊好汉中有我非常反感的二人：一是宋江；一是李逵。我并不从"造反"的不彻底性上反感宋江，因为那一点也可解释成人物心理的矛盾。我是从小说家塑造人物的"薄弱"方面反感他的。我从书中实在看不出他有什么当"第一把手"的特别的资格。而李逵，我认为在塑造人物方面是更加的失败了，觉得只不过是一个符号。他一出场，情节就闹腾，破坏我的阅读情绪。李逵这一人物简单得几乎概念化。关于他唯一好的情节，依我看来，便是下山接母。《水浒传》中最煞有介事也最有损"好汉"本色的情节，是石秀助杨雄成功地捉了后者妻子的奸那一回。那一回一箭双雕地使两个酷武男人变得像弄里流氓。杨雄的杀妻与武松的杀嫂是绝不能相提并论的。武松的对头西门庆是与官府过从甚密的势力人物；武松的杀嫂起码还符合着一命抵一命的常理。杨雄杀妻时，石秀在一边幸灾乐祸的样子，其实是相当猥琐的。他后来深入虎穴暗探祝家庄的"英雄行为"，洗刷不尽他的污点……

《隋唐演义》自然不如《水浒传》那么著名，但比之《水浒传》，它似乎将"义"的品质提升了层次。瓦岗兄弟的成分，似乎也不像梁山好汉那么芜杂。而且，前者所反的，直接便是朝廷。他们的目标是明确的而不是暧昧的，他们是比宋江们更众志成城的，所以他们成功了。秦琼这个人物身上所体现的"义"，具有"仁义"的意义，是所有的梁山好汉身上全都不曾体现出来的……

我不是多么喜欢《红楼梦》这一部小说。

它脂粉气实在是太浓了，不合我阅读欣赏的"兴致"。

我想，男人写这样的一部书，不仅需要对女人体察入微的理解，自身恐怕也得先天地有几分女人气的。曹雪芹正是一位特别女人气的天才，但我依然五体投地那么地佩服他写平凡，写家长里短的非凡功力。我常思忖，这一种功力，也许是比写惊天动地的大事件更高级的功力。西方小说中，曾有"生活流"的活跃，主张原原本本地描写生活，就像用摄像机记录人们的日常生活那样。我是很看过几部"生活流"的样板电影的。那样的电影最大限度地淡化了情节，也根本不铺排所谓矛盾冲突。人物在那样的电影里"自然"得怪怪的，就像外星人来到地球上将人类视为动物而拍的"动物世界"。那样的电影的高明处，是对细节的别具慧眼的发现和别具匠心的表现。没了这一点，那样的电影就几乎没有任何欣赏的价值了。

我当然不认为《红楼梦》是什么"生活流"小说。事实上《红楼梦》对情节和人物命运的设计之讲究，几乎到了考究的程度。但同时，《红楼梦》中充满了对日常生活细节，以及人物日常情绪变化的细致描写。那么细致需要特殊的自信，其自信非一般写家所能具有。

《红楼梦》是用文学的一枚枚细节的"羽毛"成功地"裱糊"了的一只天鹅标本。它的写作过程显然可评为"慢工出细活儿"的范例，我由衷地崇敬曹雪芹在孤独贫病的漫长日子里的写作精神。那该耐得住怎样的寂寞啊。曹雪芹是无比自信地描写细节的大师。《红楼梦》给我的启示是：细细地写生活，这一对小说创作的曾经的要求，也许现今仍不过时……

我喜欢《老残游记》，乃因它的文字比《二十年目睹之怪现状》《儒林外史》《官场现形记》都好些，结构也完整些；还因它对自然景色的优美感伤的描写。

《聊斋志异》不应算白话小说，而是后文言小说。我喜欢的是它的某些短篇。至于集中的不少奇闻异事，现今的小报上也时有登载，没什么意思。

我至今仍喜欢的外国小说是：《约翰·克利斯朵夫》《悲惨世界》《九三年》《大卫·科波菲尔》《安娜·卡列尼娜》《红与黑》《红字》《德伯家的苔丝》《简·爱》，巴尔扎克和每里美的某些中短篇代表作……

我不太喜欢《雾都孤儿》《呼啸山庄》那一类背景潮湿阴暗，仿佛各个角落都潜伏着计谋与罪恶，而人物心理或多或少有些变态的小说……

《堂吉诃德》我也挺喜欢。有三位外国作家的作品是我一直不大喜欢得起来的：陀思妥耶夫斯基、左拉、劳伦斯。

一个事实是那么令我困惑不解：资料显示，陀氏活着的时候，许多与他同时代的俄国人，甚至可以说大多数与他同时代的俄国人谈论起他和他的作品，总是态度暧昧地大摇其头，包括许多知识分子和他的作家同行们。他们的暧昧中当然有相当轻蔑的成分。一些人的轻蔑怀有几分同情；另一些人的轻蔑则彻底地表现为难容的恶意。陀氏几乎与他同时代的任何一位作家都没有什么密切的往来，更没有什么友好的交往。他远远地躲开所谓文学的沙龙。那些场合也根本不欢迎他。他离群索居，在俄国文坛的边缘，默默地从事他那苦役般的写作。他曾被流放西伯利亚，患有癫痫病，最穷的日子里买不起蜡烛。他经常接待某些具有激进的革命情绪的男女青年。他们向他请教拯救俄国的有效途径，同时向他鼓吹他们的"革命思想"。而他正是因为头脑之中曾有与他们相一致的思想才被流放西伯利亚的，并且险些在流放前被枪毙。于是他以过来人的经验劝青年们忍受，热忱地向他们宣传他那种"内部革命"的思想。他相信并且强调，"一个"真的正直的人的榜样的力量是无穷的。他更加热忱地预言，只要这样的"一个"人出现了，千万民众就会洗心革面地追随其后，于是一个风气洁净美好的新社会就自然而然地形成了。那"一个"人究竟应该是怎样的呢，便是他《白痴》中的梅什金公爵了。一个从精神病院出来的，和他自己一样患有癫痫病的没落贵族后裔。他按照自己的标准，将他用小说为人类树立的榜样塑造成一个单纯如智障儿，集真善美品质于一身的理想人物。而对于大多数精神被社会严重污染与异化的人，灵魂要达到那么高的高度显然不但是困难的，而且是痛苦的。他在《罪与罚》中成功地揭示了这一种痛苦，并试图指出灵魂自新的方式。他自信地指出了，那方式便是他"灵魂深处爆发革命"的主张。当然，他的"革命"说，非是针对社会的行为，而是每一个人改造自己灵魂的自觉意识……

综上所述，像他这样一位作家，在活着的时候，既受到思想激进者的嘲讽，又引起思想保守者的愤怒是肯定的。因为他笔下的梅什金公爵，分明不是后者所愿承认的什么榜样。他们认为他是在通过梅什金公爵这一文学形象影射他们的愚不可及。而他欣赏梅什金公爵又是那么的由衷，那么的真诚，那么的实心实意。

陀氏在他所处的时代是尴尬的，遭受的误解最多。他的众多作品带给他的与其说是荣耀和敬意，还莫如说是声誉方面的伤痕。

但也有资料显示，在他死后，"俄国的有识之士全都发来了唁电"。

那些"有识之士"是哪些人？资料没有详列。

是因为他死了，"有识之士"忽然明白，将那么多的误解和嘲讽加在他身上是不仁的，所以全都表示哀悼；还有后来研究他的人，认为与他同时代的"有识之士"对他的态度是可耻的，企图掩盖历史的真相呢。

我的困惑正在此点。

我是由于少年时感动于他的《白夜》才对他发生兴趣的。到"上山下乡"前，我已读了大部分他的小说的中文译本。以后，便特别留意关于他的评述了。

我知道托尔斯泰说过嫌恶陀氏的话，而陀氏年长他七岁，成名早于他十几年，是他的上一代作家。

高尔基甚至这么评价他："陀思妥耶夫斯基无可争辩、毫无疑问地是天才。但这是我们的一个凶恶的天才。"

车尔尼雪夫斯基更是曾几乎与他势不两立。

苏维埃成立以后，似乎列宁和斯大林都以批判性的话语谈论过他。

于是陀氏在苏联文学史上的地位一再低落。

而相应的现象是，西方世界的文学评论，将他推崇为俄国第一伟大的作家，地位远在屠格涅夫、托尔斯泰之上。这有西方新兴文学流派推波助澜的作用，也有意识形态冷战的因素。

我不太喜欢他，仅仅是不太喜欢他而已，并不反感他。我的不太喜欢，也完全是独立的欣赏感受，不受任何方面的评价的影响。我觉得陀氏的小说中，不少人物身上都有神经质的倾向。在现实生活中我非常难以忍受神经质的人在我眼前晃来晃去，读同样文学状态的小说我亦会产生心烦意乱的生理反应。我一直承认并相信文学对于人的所谓灵魂有某种影响力，但是企图探讨并诠释灵魂问题的小说是使我望而生畏的。陀氏的小说中有太浓的宗教意味，而且远不如宗教理念那么明朗健康。最后一点，在对一切艺术的接受习惯上，"病态美学"是我至今没法儿欣赏的。而陀氏的作品，是我所读过的外国小说中病态迹象呈现得显著的……

我觉得高尔基评说陀氏是"一个凶恶的天才"，用词太狠了，绝对的不公正。我认为陀氏是"一个病态的天才"。首先是天才，其次有些病态。因其病态而使作品每每营造出紧张压抑、阴幻异迷的气氛，而这正是许多别的作家纵然蓄意也难以为之的风格。陀氏的作品凭此风格独树一帜，但那的确非我所喜欢的小说的风格。他常使我联想到凡·高。凡·高是一个心灵多么单纯的大儿童啊！西方的评论也认为陀氏是一个心灵单纯的大儿童。我却不这么认为。我觉得恰恰相反。身为作家，也许陀氏的心灵常常处在内容太繁杂太紊乱的状态。因为儿童是从来不想人的灵魂问题的。成年人难免总要想想的，但若深入地去想，是极糟糕的事。凡·高以对光线和色彩特别敏感的眼观察大自然，因而留给我们的是美；陀氏却以对人心特别敏感的、神经质的眼观察罪恶在人心里的起源，因而他难免写出一些使人看了不舒服的东西。这乃是作家与画家相比，作家注定容易遭到误解与攻讦的前提。除了陀氏的《白夜》，我还喜欢他的《穷人》。我对他这两篇作品的喜欢，和对他某些作品的不喜欢，只怕是难以改变的了……

在80年代以前，对于我这样一个由喜欢看小人书而接触文学的少年，爱弥尔·左拉差不多是一位陌生的法国作家的名字。倒是曾经与他非常友好，后来又化了名在报上攻击他的都德，给我留下极深的记忆。这是因为，都德的短篇《最后一课》，收入过初中一年级的语文课本里，也被改编成小人书。而且，在收音机里反复以广播小说的形式播讲过。

在我少年时代的小人书铺里，我没发现过由左拉的小说改编的小人书。肯定是由于左拉的小说不适合改编成小人书供少年们看。在我是知青的年龄，曾极短暂地拥有过一部左拉的《娜娜》。

那时我已是"兵团"的文学创作员。每年有一次机会到"兵团"总司令部佳木斯市去接受培训。我的表哥居佳木斯市。我自然会利用每次接受培训的机会去看他。有次他不在家，我几乎将他珍藏的外国小说"洗劫"一空，塞了满满一大手提包带回了我所在的一团宣传股，其中就包括左拉的《娜娜》。手提包里的外国小说其实我都看过，唯《娜娜》闻所未闻。我几次想从提包里翻出来在列车上看，但是不敢。因为当年，一名青年在列车上看一部外国小说已有那么几分冒天下之大不韪。倘书名还是《娜娜》这么容易使人产生猜想的外国小说，很可能会引起"革命"目光的关注。我认识的几名知青曾在探家所乘的列车上传看过《黑面包干》这么一部苏联小说，受到周围"革命"乘客的批评而不以为然，结果"革命"乘客们找来了列车长和乘警。列车长和乘警以"有义务爱护青年们的思想"为由收缴了《黑面包干》。那几位知青据理力争，振振有词，说《黑面包干》怀着敬爱之情在小说中写到列宁，是一部好小说。对方说，有些书表面看起来是好的，却在字里行间贩卖修正主义的观点。于是强行收缴了去，使那几名知青一路被周围乘客以看待问题青年的眼光备受关注，言行自然不得……

他们的教训告诉我，还是在列车上不看《娜娜》的好。

而这就使我失去了一次在当年领略左拉小说的机会。因为，我回到一团团部，将手提包放在宣传股的桌上，去上厕所的当儿，书已被瓜分一空，急赤白脸地要都没人还回一本。《娜娜》自然也不翼而飞。

在复旦大学中文系的内部阅览室，我借阅过左拉的《小酒店》。序言评价那部小说"无情地揭露了资本主义社会制度"。它写的是一名工人和他的妻子从精神到肉体堕落及毁灭的过程。我觉得左拉式的现实主义"真实"得使人周身发冷，使人绝望——对社会制度作用下的底层人群的集体命运感到绝望。在《小酒店》中，底层人物的形象粗俗、卑贱，几乎完全丧失人的自尊意识，并且似乎从来也没感到过对它的需要。他们和她们生存在潮湿、肮脏，到处充满着污秽气味和犯罪企图的环境里，就像狄更斯《雾都孤儿》里那些被上帝抛弃了的、破衣烂衫的、早晨一睁开双眼便开始寻思到哪儿去偷点儿什么东西的孩子。我们在读《雾都孤儿》时，内心里会情不自禁地涌起一阵阵同情。但是在《小酒店》里，我们的同情被左拉那支笔戳得千疮百孔。因为儿童还拥有将来，留给我们为他们命运的改变做祈祷和想象的前提。而《小酒店》里的成年男女已没有将来，他们的将来被社会也被他们自己扔在劣质酒缸里泡尽了生命的血色……

我是自少年起读另一类现实主义小说长大的，它们被冠以"革命现实主义"。在"革命现实主义"小说里，底层人物的命运虽然穷困无助甚或凄惨，但至少还有一种有希望的东西——那就是赖以自尊和改变命运的品质资本。还有他们和她们那一种往往被描写得美好而又始终不渝，令人羡慕的经得起破坏的爱情。这两种"革命现实主义"小说几乎必不可少的因素，在左拉的批判现实主义小说里是少见的。与许多批判现实主义小说尤其不同的是，左拉的批判现实主义小说的笔触极冷，使人联想到"零度感情"

状态之下那一种写作。

我后来对于法国历史有了一点儿了解，开始承认左拉自称"自然主义"的那一种现实主义，可能更真实地逼近着他所处的法国的时代现实的某一面。

而我曾扪心自问，我对左拉式的现实主义保持阅读距离，当然不是左拉的错，而是由于我自己即使作为读者，也一直缺少阅读另类现实主义小说的心理准备。进一步说，我这样的一个自诩坚持现实主义的中国作家，也许是不太有勇气目光逼近地面对太真实的现实的。

毕竟，我在我的阅读范围伴随之下的成长，决定了我是一个温和的现实主义作家——与左拉的写作相比较而言。

在对现实主义的理念方面，我更倾向于巴尔扎克。

巴尔扎克对现实的批判态度体现得更睿智一些，因而他将他的系列小说统称为《人间喜剧》。左拉对现实的批判态度却体现得更"狠"一些……我在大学里也读了左拉的《娜娜》。那部小说讲述富有且地位显赫的男人们，怎么样用金钱深埋一个风尘女子于声色犬马的享乐的泥沼里；而她怎么样游刃有余地利用她的美貌玩弄他们于股掌之上。结局是她患了一种无药可医的病，像一堆腐肉一样烂死在床上。

先我读过《娜娜》的同学悄悄而又神秘地告诉我："那绝对是值得一读的小说，我刚还，你快去借……"

我借到手了。两天内就读完了。

读过哈代的《德伯家的苔丝》，小仲马的《茶花女》，再读左拉的《娜娜》，只怕是没法儿不失望的。

我想，我的同学说它"绝对是值得一读的"，也许另有含意。

《卢贡家族的命运》和《萌芽》才是左拉的代表作。可惜以后我就远离左拉的小说了，至今没读过。

既没读过左拉的代表作，当然对左拉小说的看法也就肯定是不客观的。比如在以上两部小说中，文学研究资料告诉我，左拉对底层人物形象，确切地说是对法国工人的描写，就由"零度感情"而变得极其真诚热烈了。

好在我写到左拉其实非是要对左拉进行评论，而主要是分析我自己对现实主义的矛盾心理和暧昧理念。

我利用过我与之一向保持距离的左拉的名义一次。那就是在连我自己现在也感到羞耻的小说《恐惧》的写作过程中以及出版以后。

我决定写《恐惧》的初衷是由外部生活现实的"刺激"而产生的。某日接近中午，我从童影厂回家，腋下夹些报刊。五月的阳光暖洋洋的。顺着厂门前人行道刚一拐弯，但见五六十米远处，亦即"清水大澡堂"门前有着形迹怪异的三个人——一人伏在地上，双手扳着人行道沿；另外两人各自拽他左右腿……

"清水大澡堂"的前身是"土城饭店"。我们童影厂的宿舍楼邻它仅十米左右。后来"土城饭店"经过一番门面翻修，变成了"金色朝代"——有卡拉OK包间的那一种地方。于是每至夜里十点，小车泊来；拂晓，幽然而去。一天深夜，几乎全楼居民都被枪声惊醒；又一天傍晚，散步的人们都见从"金色朝代"内冲出手持双筒猎枪的魁汉，追赶两名校官，将其中一名用枪托击倒跪于地，而且朝其头上空放了一枪……

那一件事发生后，它停业了一个时期，其后变成了"清水大澡堂"。

当我走到距那三人十米远处，才看到地上有血迹。起初我以为只不过是三个喝醉了的男人在胡闹罢了。不由得站住，一时难以判断究竟怎么回事。

而那个伏在地上的人，就朝我扭头求救："兄弟，救我一命，兄弟，救我一命……"

其声奄奄，目光绝望。

我却呆愣着，不知该怎么救他。那时拽他腿的一个人，就放了他的腿，用皮鞋跺他扳住人行道沿的双手。

他手一松，自然就被拖着双腿拖向"清水大澡堂"了。

于是他用不堪入耳的话骂我这见死不救的北京人，并惊恐地喃喃自语着："我完了，我死定了……"

他被拖上台阶时，下巴被几级台阶磕出了血。

这时我才从呆愣状况中反应过来。第一个想法是我得跟进去——企图杀人者不至于当着别人的面杀人吧？

我紧走几步，踏上台阶，进了门——顿时一股血腥扑鼻，满地鲜血，墙上溅的也是血。一个人仰面倒在地上，看去似乎已死；一个人靠墙歪坐，颈上有很长很深的伤口，随着喘气一股一股往外涌血……

我又惊呆，生平第一次目睹此现场，心咚咚跳，壮着胆子喝道：

"不许杀人！杀人要偿命！……"

两个穿黑皮夹克的人中的一个，瞪着我，将一只手探到了怀里……

而那个被拖进来的人却说："他俩都有枪……"

我不知他为什么说这句话，但结果是我退出了门。我想我得报警，但那就只能回厂。我跑回厂里，让一名警卫战士报警，让两名警卫战士跟我去制止杀人。他们不很情愿地跟我匆匆走着。忽然我心冷静——那个断了两条腿的外地男人，就肯定是好人吗？两名警卫战士还太年轻，且是农村孩子，万一他们遭到什么不测，我这个人将如何向他们的父母交代？于是我又命他们回厂去。他们反倒为我的安危担心起来，偏跟着我了。最后我还是生气地将他们赶了回去。

当我再来到"清水大澡堂"台阶前，那两个穿黑皮夹克的男人恰从门内出来，自我面前踏下台阶，扬长而去。我想到那个双腿断了的外地男人，推开门看时，见他居然没被弄死。他说："幸亏你刚才跟进来了，他们慌了，只顾到二楼去拿钱，才留下我一命……我们是被绑架的，他们是被雇的杀手。"

我也不知他说的"我们"，是否即指那一死一伤二人。此时门外才出现人。真正报上了案的是我们童影厂的老厂长于蓝同志……

那一天以后，我觉得，某些原本离我很远的事，其实渐渐地离我很近了。"恐惧"二字，总是在头脑中盘桓，挥之而不能去。与另外一些积淀心间的人事相融合，遂产生了写一部小说的冲动。

起初我想将"清水大澡堂"当成中国90年代的《小酒店》来

写。其中形形色色的人物当然非是底层人们。底层的人们不去那样的地方"洗澡"。

在写前，我想到了左拉那句名言："无情地揭示社会丑恶的溃疡。"左拉那句话当时确乎唤起了我的一种作家责任感。我发誓我也要"揭示"得"狠"一点儿。

但进入写作状态不久，我的勇气便自行地渐渐减少了。那时我受到一些恐吓威胁。其文学意味和话语中的杀机，完全是黑社会那一套。我想我的写作不能再图痛快而给我自己和家庭带来不安全的阴影了。结果《恐惧》就改变了初衷，放弃了实践一次左拉那种现实主义的打算。

一种打算放弃了，另一种打算却渗入了头脑。那就是对印数的追求。进一步明确地说，是对稿费收获的追求。当时我因自己的种种个人义务和责任，迫切地需要一笔为数不少的钱。第二种打算一旦渗入头脑，写作的冲动和过程就变质了。所谓"媚俗"就成为不可避免之事。我在左拉式的批判现实主义与媚俗以迎合市场的打算之间挣扎，却几乎不可救药地越来越滑向后一方面。

那一时期我不失时机地谈左拉"无情地揭示社会丑恶的溃疡"的主张，实则是在替自己写作目的之卑下进行预先的辩护。

《恐惧》出版以后，我常被当众诘问写作动机。于是我只有侃侃地大谈我并不太喜欢的左拉和他的小说。我祭起左拉的文学主张当作自己的盾。虽振振有词，但自己最清楚自己内心里是多么的虚弱。

　　有一次我又进行很令我头疼的签名售书。有两名中学女生买了《恐惧》。我扣下了她们买的书，让售书员找来了我的另两本书代替之。那一件事后，《恐惧》真的成了我"心口的疼"，尽管它给我带来了比我任何一部书都多的稿酬。我一直暗自发誓要重写它，但一直苦于没有精力。不过这一件事我肯定是要做的。我利用左拉分明是很卑劣的行为。我以后的写作实践中再也不会出现那样的"失足"了。由此我常想另一个问题——那就是一部好书的标准究竟是什么。对于这样的问题肯定有各种各样的回答，而且，肯定有争议。但我更希望自己写的书，初中的男孩子女孩子也都是可以看的。家长们不会因看我的书而斥责："怎么看这样的书！"——我自己也不会因此有所不安。

　　我认为《红与黑》《红字》《简·爱》《复活》《安娜·卡列尼娜》《茶花女》《德伯家的苔丝》《巴黎圣母院》《红楼梦》《聊斋志异》等都是初中的男孩子女孩子皆可看的书。只要不影响学业，家长们若加以斥责，老师们若反对，那便是家长和老师们的褊狭了。

　　至于另外一些书，虽然一向也有极高的定评，比如《金瓶梅》或类似的书，我想，我还是不必去实践着写吧。

　　写了二十余年我渐渐悟到了这么一点——文学艺某些古典主义的原理，在现代还远远没被证明已完全过时。也许正是那些原理，维系着人与文学类的书的古老亲情，使人读文学类的书的时光，成为美好的时光；也使人对文学类的书的接受心理，能处在一种优雅的状态。

我想我要从古典主义的原理中，再多发现和取来一些对我有益的东西，而根本不考虑自己会否迅速落伍……

最后我想说，我特别特别钦佩左拉在"德雷福斯"案件中的勇敢立场。他为他的立场付出了全部积蓄，再度一贫如洗，同时牺牲了健康、名誉。还被判了刑，失去了朋友，成了整个法兰西的"敌人"，并且被逐出国。

然而，他竟然没有屈服。

十二年以后他的立场才被证明是正确的。

我认为那件事是左拉人生的"绝唱"。

是的，我特别特别钦佩他此点。

因为，即使在血气方刚的青年时我都没勇气像左拉那样；现在，则更没勇气了……

劳伦斯这位英国作家是从 80 年代中期才渐入我头脑的。

那当然是由于他的《查泰莱夫人的情人》中译本的出版。

"文革"前那一部书不可能有中译本。这是无须赘言的——但新中国成立前有。

1974 至 1977 年间，我在复旦大学中文系的"内部图书阅览室"也没发现过那一部书和劳氏的别的书。因而，《查泰莱夫人的情人》中译本出版前，我惭愧地承认，对我这个自认为已读过了不少外国小说的"共和国的同龄人"，劳伦斯是一个完全陌生的名字。

读过《查泰莱夫人的情人》的中译本以后，我看到了同名的电影的录像。并且，自己拥有了一盘翻录的。书在当年出版不久便遭禁，虽已是"改革开放"年代，虽我属电影从业人员，但看那样一盘录像，似乎也还是有点儿犯忌。知道我有那样一盘录像的人，曾三四五人神秘兮兮地要求到我家去"艺术观摩"。而我几乎每次都将他们反锁在家里。

当年好多家出版社出版了那一部小说。

不同的出版说明和不同的序，皆将那一部小说推崇为"杰作"，皆称劳氏为"天才"的或"鼎鼎大名"的小说家。同时将"大胆的""赤裸裸的""惊世骇俗"的性爱描写"提示"给读者。当然，也必谈到英国政府禁了它将近四十年。

我读那一部小说没有被性描写的内容"震撼"。

因为我那时已读过《金瓶梅》，还在北影文学部的资料室读到过几册明清年代的艳情小说。《金瓶梅》的"赤裸裸"性爱描写自不必说。明清年代那些所谓艳情小说中的性爱描写，比《金瓶梅》有过之而无不及。在中国各朝各代非"主流"文学中，那类小说俯拾皆是。当然，除了"大胆的""赤裸裸的"性爱描写这一共同点，那些东西是不能与《查泰莱夫人的情人》相提并论的。

有比较才有鉴别。

读后比较的结果是——使劳氏鼎鼎大名的他的那一部小说，在性爱描写方面，反而显得挺含蓄，挺文雅，甚而显得有几分羞涩似的。总之我认为，劳氏毕竟还是在以相当文学化的态度在他那部小说中描写性爱的。我进一步认为，毫不含蓄地描写性爱的小说，在很久以前的中国，倒可能是世界上最多的。那些东西几乎无任何文学性可言。

我非卫道士。

但是我一向认为，一部小说或别的什么书，主要以"大胆的""赤裸裸的"性爱描写而闻名，其价值总是打了折扣的。不管由此点引起多么大的沸扬和风波，终究不太能直接证明其文学的意义。

故我难免会按照我这一代人读小说的很传统的习惯，咀嚼《查泰莱夫人的情人》的思想内容。

我认为它是一部具有无可争议的思想内容的小说。

那思想内容一言以蔽之就是——对英国贵族人士表示了令他们难以沉默的轻蔑。因为劳氏描写了他们的性无能，以及企图遮掩自己性无能真相的虚伪。当然地，也就弘扬了享受性爱的正当权利。

我想，这才是它在英国遭禁的根本缘由。

因为贵族精神是英国之国家精神的一方面，贵族形象是英国民族形象历来引以为豪的一方面。

在此点上，劳氏的那一部书，似又可列为投枪与匕首式的批判小说。

但英国是小说王国之一。

英国的大师级小说家几个世纪以来层出不穷，一位位彪炳文史，名著之多也是举世公认的。与他们的作品相比，劳氏的小说实在没什么独特的艺术造诣。就论对贵族人士及阶层生活形态的批判吧，劳氏的小说也不比那些大师的作品更深刻更有力度。

但令劳氏鼎鼎大名起来的，分明非是他的小说所达到的艺术高度，而是他的《查泰莱夫人的情人》当时及以后所造成的新闻。

我想，也许我错了，于是借来了他的《儿子与情人》认真地看了一遍。

我没从他的后一部小说看出优秀来。

由劳氏我想到了两点：第一点，我们每一个人作为读者，是多么容易受到宣传和炒作的影响啊。正如触目皆是的广告对我们每一个人的消费意识必然发生影响一样。这其实不应感到害羞，也谈不上是什么弱点。但如果不能从人云亦云中摆脱出来，那则有点儿可悲了。第二点，我敢断言，中外一切主要因对性的描写程度"不当"而遭禁的书，那禁令都必然是一时的，有朝一日的解禁都是注定了的。虽禁之未必是作者的什么耻辱，但解禁也同样未必便是一部书的荣耀。

人类文明到今天，对性事的禁忌观念已解放得够彻底，评判一部小说的价值，当高出于论性的是是非非。倘在性以外的内容所留的评判空间庸常，那么"大胆"也不过便是"大胆"，"赤裸裸"也不过便是"赤裸裸"……

我这一种极端个人化的读后杂感，仅做一厢情愿的自言自语式的记录而已，不想与谁争辩的。

随提一笔，根据《查泰莱夫人的情人》改编的电影，抹淡了原著对英国贵族人士的轻蔑，裸爱镜头不少，但拍得并不猥秽。尽管算不上一部多么好的电影，却还是可归于文艺片之列的。

我也基本上同意这样的评论：就劳伦斯本人而言，他对性爱描写的态度，显然是诚实的、激情的和健康的。

我不太喜欢他和他的小说，纯粹由于艺术性方面的阅读感觉。

现在，我要回过头来再谈我自己写作实践中的得失。

首先我要提的是《一个红卫兵的自白》。这一本书，对于在"文革"中刚刚出生和"文革"以后出生的很年轻的一代，比较感性地认识"文革"，有一点点解惑的意义。写时的动机正在于此。但也就是一点点的解惑意义而已。因我所经历的"文革"，其具体背景，只不过是一座城市一个省份。而且，只不过是以一名普通中学生的见闻、思想和行为来经历的，自身认识的局限是显然的。虽则"大串联"使我能够写入书中的内容丰富了些，却仍只不过是见闻和一己感受而已。

我更想说的是，也许，此书曾给中国的"新时期"文学，亦即粉碎"四人帮"以后的文学，带了一个很坏的头。它是当年第一部写"文革"中的红卫兵心路的长篇小说。按我的初衷，自然是作为小说来写的。本身曾是红卫兵，自然以第一人称来写。既以第一人称来写，也索性便将自己的真实姓名写入书中了。刊物的编辑收到稿件后来电话说：这部小说很怪呀，你看专辟一个栏目，将它定为"纪实小说"行不行？我说：行呀。有什么不行呢？那大约是 1985 年。我被社会承认是作家才三年多。对于小说以外的文学名堂还所知甚少，也是第一次听到"纪实小说"这一提法。它当年只发表了一半，另一半刊物不敢发表了。似乎正是从此以后，"纪实小说"很流行了一阵子。接二连三，在文学界招惹了不少是是非非，连我自己也曾受此文学谬种的严重伤害。

因为"纪实"而又"小说"的结果是明摆着的——利用小说

形式影射攻击的事例，古今中外，举不胜举。此本伤人阴伎，倘再冠以"纪实"，被攻击的人哪有不"体无完肤"的呢？若被文痞们驾轻就熟地惯以用之，喷泄私愤，好人遭殃。

故我对"纪实小说"这一文学种类已无好感。《从复旦到北影》及《京华见闻录》两篇，继《一个红卫兵的自白》之后不久发表。

在复旦我既获得过老师们的关怀爱护，也受到过一些委屈。那些委屈今天看来是微不足道的，与上一代人的人生磨砺相比更是不值言说。但我当年才二十五六岁，心理承受能力毕竟脆弱。自以为承受能力强大，其实是脆弱的。何况，从童年至少年至青年，虽然成长于贫穷之境，却一向不乏友爱，难免娇气。又一向被视为好儿童好少年好青年，当知青班长、代理排长、连队教师，人格方面特别地自尊。偏那委屈又是冲着人格方面压迫来的，于是耿耿心头，不吐不快。

故《从复旦到北影》中，有积怨之气，牢骚之词，也有借题发挥、情节演绎的成分。

它写于十五六年前，证明当年的我，对自己笔下的文字责任感意识不强，要求不高。

倘如今年，心头委屈积怨全释，平和宽厚回望当年人事纷纭，情理梳析，摒弃演绎，娓娓道来，于山雨六风的政治背景下，翔实客观地反映"工农兵学员"的大学体会和感受，必将是另一面貌，也会有更大的认识价值。

那多好呢！

《京华见闻录》中所录的纪实成分多了，演绎成分少了。就我这样一个具体的中国人的观念而言，就我这样一个当年被视为有"异端思想"的作家而言，却又"正统"多了些，思想拘泥呆板了些。文字的放纵，是弥补不了这一点的。

当年我才三十四五岁，刚入中国作家协会一年多。自以为责人颇宽，克己颇严，其实今天文坛上某些年轻人的轻狂浅薄，刚愎自信，躁行戾气，我身上都是存在过的。

以上两篇，虽能从中看到我的一些真实经历，真实性情，真实心路，真实思想；虽能从中看到一些当年的时代特色，社会状态，人生杂相；虽读起来或挺有意思——但毕竟，因先天不足，乏大器而呈小器，乏冷静而显浮躁，乏庄重而露轻佻，乏深刻而泛浅薄……

《泯灭》这一部小说，现在看来，前半部较后半部要写得好一点儿。因为前半部有着自己童年和少年时期的生活为底蕴，可取从容平实、娓娓道来的写法。虽然平实，但情节、细节都是很个人化的，便有独特性，非别人的作品里所司空见惯的。后半部转入了虚构。虚构当然乃是小说家必备的能力，也是起码的能力。但此小说的后半部，实际上是按一个先行的既定的"主题"轨道虚构下去的——对金钱的贪婪使人性扭曲，使人生虽有沉浮荣辱，最终却依然归于毁败。这样的人物，以及由其身上生发出来的这样的主题，当然并没什么不对。

翟子卿式的人物在80年代以后的中国现实生活中也并不少，有些典型意义。但此"主题"太古老陈旧了。近几个世纪以来，尤其西方资本主义时期以来，无数作品都反映过这个"主题"。可以说，80 年代以来的每一桩中国经济案中，也都通过真人真事包含了这个主题。而在现实主义小说中，主题对作品有魂的意义。泛化的主题尽管不失为主题，却必然决定了作品的魂方面的简浅常见。

在我的友情关系和亲情关系中，很有一些和我一样的底层人家的儿子，中年命达，或为官掌权，或从商暴富。佢近十年间，却接二连三地纷纷变成阶下囚，往日的踌躇满志化作南柯一梦。他们所犯之案，或省级大要案，或列入全国大要案。这使我特别痛心，也每叹息不已。由于友情和亲情毕竟存在过，法理立场上就难以做到特别的鲜明。这一种沉郁暧昧的心理，需要以一种方式去消解。而写一部小说消解之对我来说是自然而然的方式。直奔一个简浅常见的主题而去，又成了最快捷的方式——我在写作中竟六能从此心理因素的纠缠中明智而自觉地摆脱，全受心理因素的惯刀所推，小说便未能在"主题"方面再深掘一层，此一憾也……

喜读引我走上了写作的不归人生路。然阅读之于我，在绝大多数情况之下并不是为了促进写。读只不过是少年时养成的习惯，是美好时光的享受而已。我的读又是那么的不系统。索性地，也便不求系统了。我从读中确乎受益匪浅。书对我的影响，少年时大于青年时，青年时大于现在。现在我对社会及人生已形成了自己的看法，非是读几本什么书所能匡正或改变的。尽管如此，以后我不写了，仍会是一个习惯了闲读的人。

读带给我的一种清醒乃是——明白自己往往写得多么平庸……

人性如泉，

流在干净的地方带走不干净的东西；

流在不干净的地方它自身污浊。

—— 梁晓声

第四章　读书是好好生活的理由

读书使人喜静，
喜静足可培养人的内心定力。
今日之时代，浮躁现象种种，
读书是抵御浮躁的简单方法，
只要人愿意一试。

我与唐诗宋词

　　信笔写出以上一行字，我犹豫良久，打算改——因为我对于唐诗宋词半点儿学识也没有，只是特别喜欢罢了。单看那一行字，倒像我是一位专门研究唐诗宋词的专家学者似的。转而一想，不过就是一篇回忆性小文章的题目，而且，也比较能概括内容，那么不改也罢。

　　当年我下乡的地方，属于黑龙江边陲的爱辉县（今黑河市爱辉区），是中苏边境地带。如果我们知青要回城市探家，必经一个叫西岗子的小镇。那镇真是小极了，仅百余户人家，散布在公路两侧，包括一家小旅店、一家小饭馆、一家小杂货铺和理发铺及邮局。西岗子设有边境检查站，过往行人车辆都须凭"边境通行证"，知青也不例外。

　　有一年我探家回兵团，由于没搭上车，不得不在西岗子的旅店住了一夜。其实，说是旅店，哪儿像旅店呢！住客一间屋，大通铺；一门之隔就是店主一家，老少几口。据说那人家是新中国成立初剿匪烈士的家属，当地政府体恤和关爱他们，允许他们开小旅店谋生。按今天的说法，是"家庭旅店"。

天黑后，我正要睡下，但听门那边有个男人大声喊："二××，瞎啦？你小弟又拉地上了，你没看见呀！快给他擦屁股，再把屎收拾了……"

于是一个十二三岁的小女孩儿，跑到我们住客这边的屋里来，掀起一角炕席，抄起一本书转身跑回门那边去了……书使我的眼睛一亮。那个年代，对于爱看书的青年，书是珍稀之宝。

一会儿，小女孩儿又回到门这边，掀起炕席欲将书放回原处。我问："什么书啊？"

她摇摇头说："不知道，我不认识字。"

我又问："你刚才拿书干什么去呢？"

她眨着眼说："我小弟拉屎了，我撕几页替他擦屁股呀！"她那模样，仿佛是在反问——书另外还能干什么用呢？我说："让我看看行吗？"她就默默地将书递给了我。我翻看了一下，见是一本《唐诗三百首》，前后已都撕得少了十几页。那个年代中国有些造纸厂的质量不过关，书页极薄，似乎也挺适合擦小孩儿屁股的。

我又是惋惜又是央求地说："给我行不？"

她立刻又摇头道："那可不行。"——见我舍不得还她，又说："你当手纸用几页行。"

我继续央求："我不当手纸用，我是要看的。给我吧！"

她为难地说："这我不敢做主呀！我们这儿的小杂货店里经常断了手纸卖，要是给了你，我们用什么当手纸呢？住客又用什么当手纸呢？"

我猛地想到，我的背包里，有为一名知青伙伴从城市带回来的一捆成卷的手纸。便打开背包，取出一卷，商量地问："我用这一卷真正的手纸换行不了？"

她说："你包里那么多，你用两卷换吧！"于是我用两卷手纸换下了那一本残缺不全的《唐诗三百首》。第二天一早，我离开那小旅店时，女孩儿在门外叫住了我："叔叔，我昨天晚上占你便宜了吧？"——不待我开口说什么，她将伸在棉袄衣襟里的一只小手抽了出来，手里竟拿着另一本书。她接着说："这一本书还没撕过呢，也给你吧！这样交换就公平了。我们家人从不占住客的便宜。"

我接过一看，见是《宋词三百首》。封面也破旧了，但毕竟还有封面，依稀可见一行小字是"中国传统文化丛书"。我深深地感动于小女孩儿的待人之诚，当即掏出一元钱给她，摸了她的头一下，迎着风雪大步朝公路走去……

回到连队，我与知青伙伴发生了一番激烈的争执——他认为那一本完整的《宋词三百首》理应归他，因为是用他的两卷手纸换的；我说才不是呢，用他的两卷手纸换的，是那本残缺不全的《唐诗三百首》，而实际情况是，完整的《宋词三百首》是我用一元钱买下的……

如今想来，当年的争执很可笑。究竟哪一本算是用两卷手纸换的，哪一本算是用一元钱买下的，又怎么争执得清呢？

然而一个事实是——那一本残缺不全的《唐诗三百首》和那

一本完整的《宋词三百首》，伴我们度过了多少寂寞的日子，对我们曾很空虚的心灵，起到了抚慰的作用……

当年，我竟也心血来潮写起古体诗词来：

轻风戏青草，

黄蜂觅黄花。

春水一潭静，

田蛙几声呱。

如今，《唐诗三百首》和《宋词三百首》已成我关枕边书，都是精装版本，内有优美插图。如今，捧读这两本书中的一本，每倏然地忆起西岗子，忆起那小女孩儿，忆起当年之事……

唐诗宋词的背面

衣裳有衬，履有其里，镜有其反，今概称之为"背面"。细细想来，世间万物，皆有"背面"，仅宇宙除外。因为谁也不曾到达过宇宙的尽头，便无法绕到它的背面看个究竟。

纵观中国文学史，唐诗宋词，成就灿然。可谓巍巍兮如高山，荡荡兮如江河。

但气象万千、瑰如宝藏的唐诗宋词的背面又是什么呢？

以我的眼，多少看出了些男尊女卑。肯定还另外有别的什么不美好的东西，夹在它的华丽外表的褶皱间。而我眼浅，才只看出了些男尊女卑，便单说唐诗宋词的男尊女卑吧！

于是想到了《全唐诗》。

《全唐诗》由于冠以一个"全"字，所以薛涛、鱼玄机、李冶、关盼盼、步非烟、张窈窕、姚月华等一批在唐代诗名播扬、诗才超绝的小女子，竟得以幸运地录中有名，编中有诗。《全唐诗》乃"御制"的大全之集，薛涛们的诗又是那么的影响广远，资质有目共睹；倘以单篇而论，其精粹、其雅致、其优美，往往不在一切唐代的能骈善赋的才子之下，且每有奇藻异韵令才子们也不由得不心悦诚服五体投地。故，《全唐诗》若少了薛涛们的在编，似乎也就不配冠以一个"全"字了。由此我们倒真的要感激三百多年前的康熙老爷子了。他若不见容，曾沦为官妓的薛涛，被官府处以死刑的鱼玄机，以及那些或为姬，或为妾，或什么明白身份也没有，只不过像"二奶"似的被官、被才子们，或被才子式的官僚们所包养的才华横溢的唐朝女诗人们的名字，也许将在康熙之后三百多年的历史沧桑中渐渐消失。有一个不争的事实，那就是——无论在《全唐诗》之前还是在《全唐诗》之后的形形色色的唐诗选本中，薛涛和鱼玄机的名字都是较少见的。尤其在唐代，在那些由亲诗爱诗因诗而名的男性诗人雅士精编的选本中，薛涛、鱼玄机的名字更是往往被摈除在外。连他们自己编的自家诗的选集，也都讳莫如深地将自己与她们酬和过的诗篇剔除得一干二净，不留痕迹；仿佛那是他们一时的荒唐，一提都耻辱的事情；仿佛在唐代，根本不曾有过诗才绝不低于他们，甚而高于他们的名字叫薛涛、鱼玄机的两位女诗人；仿佛他们与她们相互赠予过的诗篇，纯系子虚乌有。连薛涛和鱼玄机的诗人命运都如此这般，更不要说另外那些是姬、是妾、是妓的女诗人之才名的遭遇了。在《全唐诗》问世之前，除了极少数如李清照那般出身名门又幸而嫁给了为官的名士为妻的女诗人的名字入选某种正统诗集，其余的她们的诗篇，则大抵是由民间的有公正心的人士一往情深地辑存了的。散失了的比辑存下来的不知要多几倍。我们今人竟有幸也能读到薛涛、鱼玄机们的诗，实在是沾了康熙老爷子的光。

而我们所能读到的她们的诗，不过就是收在《全唐诗》中的那些。不然的话，我们今人便连那些恐怕也是读不到的。

看来，身为男子的诗人们、词人们，以及编诗编词的文人雅士们，在从前的历史年代里，轻视她们的态度是更甚于以男尊女卑为纲常之一的皇家文化原则的。缘何？无他，盖因她们只不过是姬、是妾、是妓而已。而从先秦两汉到明清朝代，才华横溢的女诗人女词人，其命运又十之八九几乎只能是姬、是妾、是妓。若不善诗善词，则往往连是姬是妾的资格也轮不大到她们。沦为妓，也只有沦为最低等的。故她们的诗、她们的词的总体风貌，不可能不是幽怨感伤的。她们的才华和天分再高，也不可能不经常呈现出备受压抑的特征。

让我们先来谈谈薛涛——涛本长安良家女子，因随父流落蜀中，沦为妓。唐之妓，分两类。一曰"民妓"，一曰"官妓"。"民妓"即花街柳巷卖身于青楼的那一类。这一类的接客，起码还有巧言推却的自由。涛沦为的却是"官妓"。其低等的，服务于营，所幸涛属于高等，只应酬于官僚士大夫和因诗而名的才子雅士们之间。对于她的诗才，他们中有人无疑是倾倒的。"扫眉才子知多少，管领春风总不如"，便是他们中谁赞她的由衷之词。而杨慎曾夸她："元、白（元稹、白居易）流纷纷停笔，不亦宜乎！"但她的卑下身份决定了，她首先必须为当地之主管官僚所占有。他们宴娱享乐，她定当随传随到，充当"三陪女"角色，不仅陪酒，还要小心翼翼以俏令机词取悦于他们，博他们开心。一次因故得罪了一位"节帅"，便被"下放"到军营去充当军妓。不得不献诗以求宽恕，诗曰：

> 闻道边城苦，今来到始知。
> 羞将门下曲，唱与陇头儿。

> 黠虏犹违命，烽烟直北愁。
> 却教严谴妾，不敢向松州。

松州那儿的军营，地近吐鲁番；"陇头儿"，下级军官也；"门下曲"，自然是下级军官们指名要她唱的黄色小调。第二首诗的后两句，简直已含有泣求的意味。

因诗名而服官政的高骈，镇川时理所当然地占有过薛涛。元稹使蜀，也理所当然地占有过薛涛。不但理所当然地占有，还每每在薛涛面前颐指气使地摆起才子和监察使的架子，而薛涛只有忍气吞声自认卑下的份儿。若元稹一个不高兴，薛涛便又将面临"下放"军营之虞，于是只得再献其诗以重博好感。其次竟献诗十首，才哄元稹稍悦。元稹高兴起来，便虚与委蛇，许情感之"空头支票"，承诺将纳薛涛为妾云云。

且看薛涛献元稹的《十离诗》之一《鹦鹉离笼》：

> 陇西独自一孤身，飞来飞去上锦茵。
> 都缘出语无方便，不得笼中再唤人！

"锦茵"者，妓们舞蹈之毯；"出语无方便"，说话不讨人喜欢耳；那么结果会怎样呢？就连在笼中取悦地叫一声主人名字的资格都丧失了。

在这样一种难维自尊的人生境况中，薛涛也只有"不结同心人，空结同心草"；也只有"但娱春日长，不管秋风早"；也只有"唱到白蘋洲畔曲，芙蓉空老蜀江花"……

如果说薛涛才貌绝佳之年也曾有过什么最大的心愿，那么便是元稹纳她为妾的承诺了。论诗才，二人其实难分上下；论容颜，薛涛也是极配得上元稹的。但元稹又哪里会对她真心呢。纳一名官妓为妾，不是太委屈自己才子加官僚的社会身份了吗？尽管那等于拯救薛涛出无边苦海。元稹后来一到杭州另就高位，便有新欢，从此不再关心薛涛之命运，连封书信也无。

且看薛涛极度失落的心情：

揽草结同心，将以遗知音。
春愁正断绝，春鸟复哀吟。

薛涛才高色艳年纪轻轻时，确也曾过了几年"门前车马半诸侯"的生活。然那一种生活，是才子们和士大夫官僚们出于满足自己的虚荣和娱乐而恩赐给她的，一时的有点儿像《日出》里的陈白露的生活，也有点儿像《茶花女》中的玛格丽特的生活。不像她们的，是薛涛这一位才华横溢的女诗人自己，诗使薛涛的女人品位远远高于她们。

与薛涛有过芳笺互赠、诗文唱和关系的唐代官僚士大夫，名流雅士，不少于二十人。如元稹、白居易、牛僧孺、令狐楚、裴度、张籍、杜牧、刘禹锡等等。

但今人从他们的诗篇诗集中，是较难发现与薛涛之关系的佐证的，因为他们无论谁都要力求在诗史中护自己的清名。尽管在当时的现实生活中他们并不在乎什么清名不清名的，官也要当，诗也要作，妓也要狎……

与薛涛相比，鱼玄机的下场似乎更是一种"孽数"。玄机亦本良家女子，唐都长安人氏。自幼天资聪慧，喜爱读诗，及十五六岁，嫁作李亿妾。"大妇妒不能容，送咸宜观出家为女道士。在京中时与温庭筠等诸名士往还颇密。"其诗《赠邻女》，作于被员外李亿抛弃之后：

羞日遮罗袖，愁春懒起妆。

易求无价宝，难得有心郎。

枕上潜垂泪，花间暗断肠。

自能窥宋玉，何必恨王昌。

从此，觅"有心郎"，乃成玄机人生第一大愿。既然心系此愿，自是难以久居道观。正是——"欲求三清长生之道，而未能忘解佩临枕之欢"。于是离观，由女道士而"女冠"。所谓"女冠"，亦近妓，只不过名分上略高一等。她大部分诗中，皆流露对真爱之渴望、对"有心郎"之慕求的主动性格。修辞有时含蓄，有时热烈，浪漫且坦率。是啊，对于一位是"女冠"的才女，还有比"自能窥宋玉，何必恨王昌"这等大胆自白更坦率的吗？

然虽广交名人、雅士、才子，于他们中真爱终不可得，也终未遇见过什么"有心郎"。倒是一次次地、白白地将满心怀的缠绵激情和热烈之恋空抛空撒，换得的只不过是他们的逢场作戏对她的打击。

有次，一位与之要好的男客来访，她不在家。回来时婢女绿翘告诉了她，她反疑心婢女与客人有染，严加答审，致使婢女气绝身亡。

此时的才女鱼玄机，因一番番深爱无果，其实心理已经有几分失常。事发，问斩，年不足三十。

悲也夫绿翘之惨死！

骇也夫玄机之猜祸！

《全唐诗》纳其诗四十八首，仅次于薛涛，几乎首首皆佳，诗才不让薛涛。

更可悲的是，生前虽与温庭筠情诗唱和频繁，《全唐诗》所载温庭筠全部诗中，却不见一首温回赠她的诗。而其诗中"如松匪石盟长在，比翼连襟会肯迟"句，成了才子与"女冠"之亲密接触的大讽刺。

在诗才方面，与薛涛、鱼玄机三璧互映者，当然便是李冶了。她"美姿容，善雅谑，喜丝弦，工格律。生性浪漫，后出家为女道士，与当时名士刘长卿、陆羽、僧皎然、朱放、阎伯钧等多人情意相投"。

玄宗时，闻一度被召入宫。后因上书朱泚，被德宗处死。也有人说，其实没迹于"安史之乱"。

冶之被召入宫，毫无疑问不但因了她的多才多艺，也还得幸于她的"美姿容"。宫门拒丑女，这是常识，不管多么的才艺双全。入宫虽是一种"荣耀"，却也害了她。倘她的第一种命运属实，那么所犯乃"政治罪"也。即使其命运非第一种，是第二种，想来也肯定凶多吉少；一名"美姿容"的小女子，且元羽翼庇护，在万民流离的战乱中还会有好下场吗？

《全唐诗》中，纳其诗十八首，仅遗于世之数。冶诗殊少绮罗香肌之态，情感真切，修辞自然。今我读其诗，每觉下阕总是比上阕更好。大约因其先写景境，后陈心曲，而心曲稍露，便一向能拨动读者心弦吧。所爱之句，抄于下：

溢城潮不到，夏口信应稀。
唯有衡阳雁，年年来去飞。

其盼情诗之殷殷，令人怜怜不已。以"潮不到"之对"信应稀"，可谓神来之笔。又如：

远水浮仙棹，寒星伴使车。
因过大雷岸，莫忘八行书。

郁郁山木荣，绵绵野花发。
别后无限情，相逢一时说。

驰心北阙随芳草，极目南山望旧峰。

桂树不能留野客，沙鸥出浦谩相逢。

薛涛也罢，鱼玄机也罢，李冶也罢，她们的人生主要内容之一，总是在迎送男人。他们皆是文人雅士，名流才子。每有迎，那一份欢欣喜悦，遍布诗中；而每送，却又往往是泥牛入海，连她们殷殷期盼的"八行书"都再难见到。然她们总是在执着而又迷惑地盼盼盼，思念复思念，"才下眉头，却上心头"。

唐代女诗人中"三璧"之名后，要数关盼盼尤需一提了。她的名，似乎可视为唐、宋两代女诗人女词人们的共名——"盼盼"，其名苦也。

关盼盼，徐州妓也，张建封纳为妾。张殁，独居鼓城故燕子楼，历十余年。白居易赠诗讽其未死。盼盼得诗，注曰："妾非不能死，恐我公有从死之妾，玷清范耳。"乃和白诗，旬日不食而卒。

那么可以说，盼盼绝食而亡，是白居易以其大诗人之名压迫的结果。作为一名妾，为张守节历十余年，原本不关任何世人什么事，更不关大诗人白居易什么事。家中宠着三姬四妾的大诗人，却竟然作诗讽其未死，真不知是一种什么样的心理使然。

其《和白公诗》如下：

自守空楼敛恨眉，形同春后牡丹枝。

舍人不会人深意，讶道泉台不去随。

遭对方诗讽，而仍尊对方为"白公""舍人"，也只不过还诗略作"舍人不会人深意"的解释罢了。此等宏量，此等涵养，虽卑为妓、为妾，实在白居易们之上也！而《全唐诗》的清代编辑们，却又偏偏在介绍关盼盼时，将白居易以诗相嘲致其绝食而死一节，白纸黑字加以注明，真有几分"盖棺论定"，不，"盖棺罪定"的意味。足见世间自有公道在，是非曲直，并不以名流之名而改而变！

且将以上四位唐代杰出女诗人的命运按下不复赘言，再说那些同样极具诗才的女子，命善者实在无多。

如步非烟——"河南府功曹参军之妾，容质纤丽，善秦声，好文墨。邻生赵象，一见倾心。始则诗笺往还，继则逾垣相从。周岁后，事泄，惨遭笞毙。"

想那参军，必半老男人也。而为妾之非烟，时年也不过二八有余。倾心于邻生，正所谓青春恋也。就算是其行该恶，也不该当夺命，活活鞭抽一纤丽小女子致死，忒狠毒也。

其生前《赠赵象》诗云：

相思只恨难相见，相见还愁却别君。

愿得化为松上鹤，一双飞去入行云。

正是，爱诗反为诗祸，反为诗死。

唐代的女诗人们命况悲楚，宋代的女词人们，除了一位李清照，因是名士之女，又是太学士之妻，摆脱了为姬、为妾、为婢、为妓的"粉尘"人生而外,她们十之七八亦皆不幸。

如严蕊——营妓,"色艺冠一时,间作诗词,有新语,颇通古今"。

宋时因袭唐风,官僚士大夫狎妓之行甚靡。故朝廷限定——地方官只能命妓陪酒,不得有私情,亦即不得发生肉体上的关系。官场倾轧,一官诬另一官与蕊"有私",株连于蕊,被拘入狱,倍加苦楚。蕊思己虽身为贱妓,"岂可妄言以污士大夫",拒作伪证。历两月折磨,委顿几死。而那企图使她屈打成招的,非别个,乃因文名而服官政的朱熹是也。后因其事闹到朝廷,朱熹改调别处,严蕊才算结束了牢狱之灾、刑死之祸。时人因其舍身求正,誉为"妓中侠"。宋朝当代及后代词家,皆公认其才仅亚薛涛。

"不是爱风尘,似被前缘误"之名句,即出严蕊《卜算子》中。

如吴淑姬——本"秀才女,慧而能诗,貌美家贫,为富室子所占有,或诉其奸淫,系狱,且受徒刑"。

其未入狱前,因才色而陷狂蜂浪蝶们的追猎重围。入狱后,一批文人雅士前往理院探之。时冬末雪消,命作《长相思》词。稍一思忖,捉笔立成:

烟霏霏,雨霏霏,雪向梅花枝上堆,春从何处回?

醉眼开,睡眼开,疏影横斜安在哉,从教塞管催。

如朱淑真、朱希真都是婚姻不幸终被抛弃的才女。二朱中又以淑真成就大焉,被视为李清照之后最杰出的女诗人。坊间相传,她是投水自杀的。

如身为营妓而绝顶智慧的琴操，在与苏东坡试作参禅问答后，年华如花遂削发为尼。在妓与尼之间，对于一位才女，又何谓稍强一点儿的人生出路呢？

如春娘——苏东坡之婢。东坡竟以其换马。春娘责曰："学士以人换马，贵畜贱人也！"口占一绝以辞：

为人莫作妇人身，百般苦乐由他人。

今日始知人贱畜，此生苟活怨谁嗔！

文人雅士名流间以骏马易婢，足见春娘美婢也。

这从对方交易成功后沾沾自喜所作的诗中便知分晓：

不惜霜毛雨雪蹄，等闲分付赎蛾眉。

虽无金勒嘶明月，却有佳人捧玉卮。

以美婢而易马，大约在苏东坡一方，享其美已足厌矣。而在对方，也不过是又得了一名捧酒壶随侍左右的漂亮女奴罢了。春娘下阶后触槐而死。

如温琬——当时京师士人传言："从游蓬岛宴桃源，不如一见温仲青。"而太守张公评之曰："桂枝若许佳人折，应作甘棠女状元。"虽才可作女状元，然身为妓。

其《咏莲》云：

> 深红出水莲，一把藕丝牵。
> 结作青莲子，心中苦更坚。

其《书怀》云：

> 鹤未远鸡群，松梢待拂云。
> 凭君视野草，内自有兰薰。

字里行间，鄙视俗士，虽自知不过一茎"野草"，而力图保持精神灵魂"苦更坚""有兰薰"的圣洁志向，何其令人肃然！

命运大异其上诸才女者，当属张玉娘与申希光。玉娘少许表兄沈佺为妻，父母欲攀高门，单毁前约。沈佺悒病而卒。玉娘乃以死自誓，亦以忧卒。遗书请与同葬于枫林。其《浣溪沙》词，字句呈幽冷萧瑟之美，独属风格。云：

> 五影光尘雁影来，绕庭荒砌乱蛩哀，凉窥珠箔梦初回。
> 压枕离愁飞不去，西风疑负菊花开，起看清秋月满台。

月娘不仅重情宁死，且是南宋末世人皆公认之才女。卒时年仅十八岁。

申希光则是北宋人，十岁便善词，二十岁嫁秀才董昌。后一方姓权豪，垂涎其美，使计诬昌重罪，杀昌至族。灭门诛族之罪，大约是被诬为反罪的吧？于是其后求好于希光，伊知其谋，乃佯许之，并乞葬郎君及遭诛族人，密托其孤于友，怀利刃往，是夜刺方于帐中，诈为方病，呼其家人，先后尽杀之。斩方首，祭于昌坟，亦自刎颈而亡。

其《留别诗》云：

> 女伴门前望，风帆不可留。
> 岸鸣蕉叶雨，江醉蓼花秋。
> 百岁身为累，孤云世共浮。
> 泪随流水去，一夜到闽州。

申希光肯定是算不上一位才女的了，但"岸鸣蕉叶雨，江醉蓼花秋"，亦堪称诗词中佳句也。

唐诗巍巍，宋词荡荡。观其表正，则仅见才子之文采飞扬；雅士之舞文弄墨；大家之气吞山河；名流之流芳千古。若亦观其背反，则多见才女之命乖运舛，无可奈何地随波逐流。如苏轼词句所云："似花还似非花，也无人惜从教坠。"更会由衷地叹服她们那一种几乎天生的与诗与词的通灵至慧，以及她们诗品的优美、词作的灿烂。

我想，没有这背反的一面，唐诗宋词断不会那般的绚丽万端、瑰如珠宝吧？

我的意思不是一种衬托的关系。不，不是的。我的意思其实是——未尝不也是她们本身和她们的才华，激发着、滋润着、养育着那些以唐诗、以宋词而在当时名噪南北，并且流芳百代的男人。

背反的一面以其凄美，使表正的一面的光华得以长久地辉耀不衰；而表正的一面，又往往直接促使背反的一面，令其凄美更凄更美。

当然，有些男性诗人词人，其作是超于以上关系的。如杜甫，如辛弃疾等。

但以上表正与背反的关系，肯定是唐诗宋词的内质量状态无疑。

所以，我们今人欣赏唐诗宋词时，当想到那些才女，当对她们必怀感激和肃然，仅仅有对那些男性诗人词人的礼赞，是不够的。尽管她们的名字和她们的才华，她们的诗篇和词作，委实是被埋没和漠视得太久太久了。

清朝与古代汉文化的男尊女卑没有直接的瓜葛，所以《全唐诗》才会收入了那么多姬、妾、婢、妓之诗。若由唐朝的文人士大夫们自选自编，结果怎样，殊难料测也……

晚秋读诗

潇潇秋雨后，渐渐天愈凉。

我知道，那也许是今年最后的一场秋雨。傍晚时分，急骤的雨点儿如一群群黄蜂，齐心协力扑向我刚擦过的家窗。似乎那么的仓皇，似乎有万千鸟儿蔽天追啄，于是错将我家当成安全的所在，欲破窗而入躲躲藏藏。又似乎集体地怀着一种愠怒，仿佛我曾做过什么对不起它们的事，要进行报复。起码，弄湿我的写字桌，以及桌上的书和纸……

春雨斯文又缠绵，疏而纤且渺漫迷蒙。故唐诗宋词中，每用"细"字形容，每借花草的嫩状衬托。如"随风潜入夜，润物细无声"句；如"东风吹雨细如尘"句；如"天街小雨润如酥"句……而我格外喜欢的，是唐朝诗人李山甫"有时三点两点雨，到处十枝五枝花"句，将春雨的斯文缠绵写到了近乎羞涩的地步，将初落悄绽为新花的情景，也描摹得那么的春趣盎然，于不经意间用朴素得不能再朴素的文字酿出了一派春醉。

夏雨最多情。如同曾与我们海誓山盟过的一个初恋女子，"情绪"浪漫充沛又任性。"旅行"于东西南北地，过往于六七八月间，每踏雷而来，每乘虹而去。我们思想它时，它却不知云游何处，使我们仰面于天望眼欲穿，企盼有一大朵积雨云从天际飘至；而我们正喜悦于晴日的朗丽之际，倏忽间雷声大作，乌云遮空。于是"天外黑风吹海立，浙东飞雨过江来"。阵雨是夏雨猝探我们的惯常方式。它似乎总是一厢情愿地以此方式表达对我们的牵挂。它从不认为它这种方式带有滋扰性，结果我们由于毫无心理准备，每陷于不知所措，乍惊在心头，呆愕于脸上的窘境。几乎只夏季才有阵雨。倘它一味儿恣肆地冲动起来，于是"雷声远近连彻夜，大雨倾盆不终朝"；于是"黑云翻墨未遮山，白雨跳珠乱入船"；于是"惊风乱飐芙蓉水，密雨斜侵薜荔墙"，烦得我们一味儿祈祷"残虹即刻收度雨，杲杲日出曜长空"。当然夏雨也有彬彬而至之时。斯时它的光临平添了夏季的美好，但见"千里稻花应秀色，五更桐叶最佳音"。它彬彬而至之时，又几乎总是在黄昏或夜晚，仿佛宁愿悄悄地来，无声地去。倘来于黄昏，则"墙头细雨垂纤草，水面风回聚落花"；则江边"雨洗平沙静，天衔阔岸纤"，可观"半截云藏峰顶塔"，望"两来船断雨中桥"；则庭中"落花人独立，微雨燕双飞"，可闻"过雨荷花满院香""青草池塘处处蛙"，可觉"墙头语鹊衣犹湿""夏木阴阴正可人"。而山村则"罗汉松遮花里路，美人蕉错雨中棋"。

倘来于夜晚，则"楼外残雷气未平"，则"雨中草色绿堪染"。于是翌日的清晨，虹消雨霁，彩彻云衢，朝霞半缕，网尽一夜风和雨，使人不禁地想说——真好天气！

秋雨凄冷澹寒，易将某种不可言说的伤感，一把把地直往人心里揣。仿佛它竟是耗尽了缠绵的春雨，虚抛了几番浪漫和激情的夏雨，憔悴了一颗雨的清莹之魂，心曲盘桓，自叹幽情苦绪何人知。包罗着万千没结果的苦恋所生的委屈和哀怨，欲说还休欲说还休，于是只有一味哭泣，哭泣……使老父老母格外地惦念儿女；使游子格外地思乡想家；使女人悟到应变得更温柔，以安慰男人的疲惫；使男人油然自省，忏悔和谴责自己曾伤害过女人心地的行为……

床前明月光，
疑是地上霜。
举头望明月，
低头思故乡。

一场秋雨一场寒，十场秋雨换上棉。在秋风肃杀、秋雨凄凄的日子里，人心除了伤感，其实往往也会变得对生活、对他人，包括对自己，多一份怜惜和爱护之情。因为可能正是在第二天的早晨，霜白一片雨变冰。于是不日"才见岭头云似盖，已惊岩下雪如尘"。

秋风先行，但见"落叶西风时候，人共青山都瘦"。秋风仿佛秋雨的长姐，其行也匆匆，其色也厉厉。扯拽着秋雨，仿佛要赶在"溪深难受雪，山冻不流云"的冬季之前，向人间替秋雨讨一个说法。尽管秋雨的哀怨，完全是它雨魂中的特征，并非人委屈于它或负心于它的结果。

秋风所至,"萧瑟兮草木摇落而变衰",直吹得"只有一枝梧叶,不知多少秋声";直吹得"秋色无远近,出门尽寒山";直吹得"多少绿荷相倚恨,一时回首背西风"。

在寒秋日子里,读如此这般诗句,使人不禁惜花怜树,怪秋风忒张狂。恨不能展一床接天大被,抵挡秋风的直接袭击。但是若多读唐诗宋词,也不难发现相反意境的佳篇。比如宋代诗人杨万里的《秋凉晚步》:

秋气堪悲未必然,

轻寒正是可人天。

绿池落尽红蕖却,

荷叶犹开最小钱。

家居附近无荷塘,难得于入秋的日子,近睹荷花迟开的胭红本色,以及又有多么小的荷叶自水下浮出,翠翠的仍绿惹人眼。

一日散步,想起杨万里的诗,于是蹲在草地,拂开一片亡草的枯黄,蓦地,真切切但见有嫩嫩芊芊的小草,隐蔽地悄生悄长!

想必是当年早熟的草籽落地,便本能地生根土中,与节气比赛看,抓紧时日体现出植物的生命形式。

寒冬马上就要来临了。那一茎茎嫩嫩芊芊的小草,其生其长还有什么意义呢?

我不禁替它们惆怅。

晚秋的阳光,呼着节气最后的些微的暖意普照园林。刚一起身，顿觉眼前有什么美丽的东西漫舞而过。定睛看时，呀，却是一双小小彩蝶。它们小得比蛾子大不了多少。然而的确是一双彩蝶，而非蛾子。颜色如刚孵出的小鸡，灿黄中泛着青绿，翅上皆有漆黑的纹理和釉蓝的斑点儿。

斯时满园林"是处红衰翠减"，风定秋空澄净。一双小小彩蝶，就在那暖意微微的晚秋阳光中，翩翩漫漫，忽上忽下，作最后的伴飞伴舞……

我一时竟看得呆了。

冬季之前，怎么还会有蝶呢？

难道它们和那些小草一样，错将秋温误作春暖，不合时宜地出生了吗？

它们也要与节气比赛似的，也仿佛要抓紧最后的时日，以舞的方式，演绎完它们千古流传的爱情故事。而且，分明地，要尽量在对舞中享受是蝶的生命的浪漫！

我呆望它们，倏忽间，内心里倍觉感动。

"最是秋风管闲事，红他枫叶白人头"——人在节气变化之际所容易流露的感伤，说到底，证明人是多么地容易悲观啊！这悲观虽然不一定全是做作，但与那小草、小蝶相比，不是每每诉说了太多的自哀自怜吗？

这么一想，心中秋愁顿时化解，一种乐观油然而生。我感激杨万里的诗。感激那些嫩嫩芊芊的小草和那一双美丽的小蝶，它们使我明白——人的心灵，永远应以人自己的达观和乐观来关爱着才对的啊！

美是不可颠覆的

许多人认为，各个民族，在各个不同的历史阶段，或不同的时代，有不同的美的标准，以及美的观念、美的追求。

这一点基本上被证明是正确的。

于是进而有许多人认为，时代肯定有改变美的标准的强大力度，因而同样具有改变人之审美观及对美的追求的力度。这一点却是不正确的。事实上时代没有这种力度。事实上像蜜蜂在近七千年间一直以营造标准的六边形为巢一样，人类的心灵自从产生了感受美的意识以来，美的事物在人类的观念中，几乎从未被改变过。

我的意思是——无论任何一个民族，无论它在任何历史阶段或任何时代，它都根本不会陷入这样的误区——将美的事物判断为不美的，甚至丑的；或反过来，将丑的事物，判断为不丑的，甚至美的。

是的，可以毫无疑义地说，人类根本就不曾犯过如此荒唐的错误。此结论之可靠，如同任何一只海龟出生以后，根本就没有犯过朝与海洋相反的方向爬过去的错误一样。

就总体而言，人类心灵感受美的事物的优良倾向，或曰上帝所赋予的宝贵的本能，又仿佛镜子反射光线的物质性能一样永恒地延续着，只要镜子确实是镜子，只要光线一旦照耀到它。

果真如此吗？

有人或许将举到《聊斋志异》中那篇著名的小说《罗刹海市》进行辩论了。此篇的主人公马骥，商贾之子。"美丰姿，少倜傥，喜歌舞。"并且，"辄从梨园子弟，以锦帕缠头。美如好女，因复有'俊人'之号"。正是如此这般的一位"帅哥"，厌学而"从人浮海，为飓风引去，数昼夜至一都会"。于是便抵达了所谓的"罗刹岛国"。以马骥的眼看来，"其人皆奇丑"。而罗刹国人"见马至，以为妖，群哗而走"。

美和丑，在罗刹国内，标准确乎完全颠倒了。不但颠倒了，而且竟以颠倒了的美丑标准，划分人的社会等级。"其美之极者，为上卿；次任民社；下焉者，以邀贵人宠，故得鼎烹以养妻子。"也就是说，第三等人，如能有幸获得权贵的役纳，还是可以混到一份差事的。至于马骥所见到的那些"奇丑"者，竟因个个丑得不够，被逐出社会，于是形成了一个残民部落。

丑得不够便是"美"得不达标，有碍观瞻。那么，'美之极者'们又是怎样的容貌呢，以被当地人视为"妖"的马骥的眼看来，不过个个面目狰狞罢了。

我敢断定，在中国的乃至世界的文学史中，《罗刹海市》大约是唯一的一篇以美丑之颠倒为思想心得的小说。

便是这一篇小说，也不但不是否定了我前边开篇立论的观点，而恰恰是补充了我的观点。

因为——被视为"妖"的马骥，一旦游戏之"以煤涂面"，竟也顿时"美"了起来，遂被引荐于大臣，引荐于宰相，引荐于王的宝殿前。而当"马即起舞，亦效白锦缠头，作靡靡之音"时——"王大悦"。不但大悦，且"即日拜下大夫。时与私宴，恩宠殊异"，以至于引起官僚们的忌妒，以至于自心忐忑不安，以至于明智地"上疏乞休致"。而王"不许"。"又告休沐，乃给三月假"。

分析一下王的心理，是非常有趣的。以被贱民们视为"妖"的马骥的容貌，社会等级该在贱民们之下。怎么仅仅以煤涂面，便"时与私宴，恩宠殊异"了呢？想必在王的眼里，美丑是另有标准的吧？

王是否也牛头马面呢？小说中只字未提。或是。那么在他的国里，以丑为美，以牛头马面、五官狰狞的为极美，自是理所当然的了。或者竟非牛头马面，甚至不丑。那么可以猜测，在他的国里，美丑标准的颠倒，也许是出于统治的需要。是对他那一帮个个牛头马面的公卿大臣们的权威妥协也未可知。

但无论怎样的原因，在王的国里，美丑是一种被颠倒的标准；在王的眼里心里，美丑的标准未必不是正常的。他只不过装糊涂罢了。

否则，为什么他那么喜赏马骥之歌舞呢？为什么会情不自禁地赞曰"异哉！声如凤鸣龙啸，从未曾闻"呢？

王的"大悦"，盖因此耳！

结论：美可能在某一地方、某一时期、某一情况之下被局部地歪曲，但根本不可能被彻底否定。

如马骥，煤可黑其面，但其歌之美犹可征服王！

结论：美可在社会舆论的导向之下遭排斥，但它在人心里的尺度根本不可能被彻底颠覆。

如王，上殿可视一帮牛头马面而司空见惯；回宫可听恢诡噪耳之音而习以为常，但只要一闻骥的妙曼清唱，神不能不为之爽，心不能不为之畅，感观不能不达到享受的美境。

有人或许还会举到非洲土著部落的人们以对比强烈的色彩涂面为"美"；以圈圈银环箍颈乃至于颈长足尺为美，来指证美的客观标准的不可靠，以及美的主观标准的何等易变、何等荒唐、何等匪夷所思……

其实这一直是相当严重的误解。

在某些土著部落中，女性一般是不涂面的，少女尤其不涂面。被认为尚未成年的少年一般也不涂面。几乎一向只有成年男人才涂面，而又几乎一向是在即将投入战斗的前夕。少年一旦开始涂面，他就从此被视为战士了，成年人一旦开始涂面，则意味着他势必又出生入死一番的严峻时刻到了。涂面实非萌发于爱美之心，乃战事的讯号，乃战士的身份标志，乃肩负责任和义务决一死战的意志的传达。当然，在举行特殊的庆典时，女性甚至包括少女，往往也和男性们一样涂面狂欢。但那也与爱美之心无关，仅反映对某种仪式的虔诚。正如文明社会的男女在参加丧礼时佩戴黑纱和白花不是为了美观一样。至于以银环箍颈，实乃炫耀财富的方式。对于男人，女人是财富的理想载体。亘古如兹。颈长足尺，导致病态畸形，实乃炫耀的代价，而非追求美的结果，或者说主要不是由于追求美的结果。这与文明社会里的当代女子割双眼皮儿而不幸眼睑发炎落疤，隆胸丰乳而不幸硅中毒是不能同日而语的。

但中国历史上女子们的被迫缠足却是应该另当别论的。这的的确确是与美的话题相关的病态社会现象。严格说来，我觉得，这甚至应该被认为是桩极其重大的历史事件。此事件一经发生，其对中国女子美与不美的恶劣的负面影响，历时五代七八百年之久。以至于新中国成立以后，我这个年龄的中国人，还每每看见过小脚女人。

近当代的政治思想家们、社会学家们、民俗学家们，皆以他们的学者身份疾恶如仇地对缠足现象进行过批判。

却很少听到或读到美学家们就此病态社会现象的深刻言论。

而我认为，这的确也是一个美学现象。的确也是一个中国美学思想史中应该予以评说的既严重又恶劣的事件。此事件所包含的涉及中国人审美意识和态度的内容是极其丰富的。比如历史上中国男人对女人的审美意识和态度，女人们在这一点上对自身的审美意识和态度，一个缠足的大家闺秀与一个"天足"的农妇在此一点上意识和态度的区别，以及为什么？以及是她们的丈夫、父亲们的男人的意识和态度，以及是她们的母亲的女人的意识和态度，以及她们在嫁前相互比"美"莲足时的意识和心态，以及她们在婚后其实并不情愿被丈夫发现毫无"包装"的赤裸的蹄形小脚的畸怪真相的意识和心态，以及她们垂暮老矣之时，因畸足越来越行动不便情况之下的意识和心态……凡此种种，我认为，无不与男人对女人、女人对自身的审美意识和心态发生粘连紧密而又杂乱的思想关系、观念关系、畸形的性炫耀与畸形的性窥秘关系……

但是，让我们且住。这一切我们先都不要去管它。

让我们还是来回到我们思想的问题上——即一双女人的被摧残得筋骨畸形的所谓"莲足"，真的比一双女人的"天足"美吗？

无论男人还是女人，如果自身对美的感觉不发生错乱，回答显然会是否定的。

可怎么在中国这个文明古国，在占世界人口几分之一的人类成员中，在近千年的漫长历史中，集体地一直沉湎于对女性的美的错乱感觉呢？以至于到了清朝，梁启超及按察史重遵宪曾联名在任职的当地发布公告劝止而不能止；以至于太平军克城踞县之后，罚劳役企图禁绝陋习而不能禁；以至于慈禧老太太从对江山社稷的忧患出发，下达懿旨劝禁也不能立竿见影；以至于身为直隶总督的袁世凯亲作"劝不缠足文"更是无济于事；以至于到了民国时期，则竟要靠罚款的方式来扼制蔓延了——而得银日八九十万两，年三万万两。足见在中国人的头脑中——钱是可以被罚的，女人的脚却是不能不缠的。"毒螫千年，波靡四域，肢体因而脆弱，民气以之凋残，几使天下有识者伤心，贻后世无穷之唾骂。"

这样的布告词，实不可不谓振聋发聩、痛心疾首。然无几个中国男人听得入耳，也无几个中国女人响应号召。爱捧小脚的中国男人依然故我。小脚的中国女人们依然感觉良好，并打定主意要把此种病态的良好感觉"传"给女儿们……

中国人倘曾以这样的狂热爱科学，争平等，促民主，那多好啊！不是说美的标准肯定是客观的而非主观的吗？不是说任何民族，在任何一个时代和任何一种情况之下，都根本不可能颠覆它吗？那中国近千年的缠足现象又该做何解释呢？首先，历史告诉我们——这现象始于帝王。皇上的个人喜好，哪怕是舐痂之癖，一旦由隐私而公开，则似乎便顿时具有了趣味的高贵性、意识的光荣性、等级的权威性。于是皇亲国戚们纷纷效仿；于是公卿大臣们趋之若鹜；于是巨商富贾紧步后尘——于是在整个权贵阶层蔚然成风……

在古代，权贵阶层的喜好，以及许多侧面的生活方式，一向是由很不怎么高贵的活载体播染向民间的。那就是——娼妓。先是名娼美妓才有资格，随即这种资格将被普遍的娼妓所瓜分。无论在古代的中国，还是在古埃及、古希腊、古罗马，规律大抵如此。

娼妓的喜好首先熏醉的必将是一部分被称之为文人的男人。这也几乎是一条世界性的规律。在古代，全世界的一部分被称之为文人的男人，往往皆是青楼常客、花街浪子。于是，由于他们的介入，由于他们也喜好起来，社会陋俗的现象，便必然地"文化"化了。

陋俗一旦"文化"化，力量就强大无比了。庶民百姓，或逆反权贵，或抵抗严律，但是在"文化"面前，往往只有举手乖乖投降的份儿。

康熙时代一人之下，万人之上，权倾朝野的鳌拜便是"金莲"崇拜者；乾隆皇帝本身即是；巨商胡雪岩也是；大诗人苏东坡是；才子唐伯虎是；作"不缠足文"的袁世凯阳奉阴违背地里更是……

《西厢记》中赞美"金莲"；《聊斋》中的赞美也不逊色；诗中"莲"、词中"莲"、美文中"莲"，乃至民歌童谣中亦"莲"；唱中"莲"、画中"莲"、书中"莲"，乃至字谜中"莲"、酒令中也"莲"……

更有甚者，南方北方，此地彼域，争相举办"赛莲"盛会——有权的以令倡导，有钱的出资赞助，公子王孙前往逐色，达官贵人光临览美，才子"采风"，文人作赋……

连农夫娶妻也要先知道女人脚大脚小，连儿童的憧憬中，也流露出对小脚美女的爱慕，连乡间也流传《十恨大脚歌》，连帝都也时可听到嘲讽"大脚女"的童谣……

在如此强大、如此全方位、"地毯式"的文化进击、文化轰炸，或曰文化"炒作"之下，何人对女性正常的审美意识和心态，又能定力极强，始终不变呢？何人又能自信，非是自己不正常，而是别人都变态了呢？即使被人认为主见甚深的李鸿章，也每因自己的母亲是"天足"老太而讳若隐私，更何况一般小民了……

结论：某一恶劣现象，可能在相当漫长的历史时期内畅行无阻，世代袭传，成为鄙陋遗风，迷乱人们心灵□的审美尺度。但却只能部分地扭曲之，而绝对不可能整体地颠覆之。正如缠足的习俗虽可在漫长的历史时期内将女人的脚改变为"莲'，却不可能以同样的方式扭曲任何一个具体的女人的身躯，而依然夸张地予以赞美。并且，迷乱人们心灵中的审美尺度的条件，一向总是伴随着王权（或礼教势力、宗法势力）的支持和怂恿；伴随着颓废文化的推波助澜；伴随着富贵阶层糜烂的趣味；伴随着普遍民众的愚昧。还要给被扭曲的审美对象以一定的意识损失以补偿——比如相对于女人被摧残的双足而言，鼓励刻意心思，盛饰纤足，一袜一履，穷工极丽。尤以豪门女子、青楼女子、礼教世家女子为甚。用今天的说法，就是以外"包装"的精致，掩饰畸形的怪异真相。还要给被扭曲的审美对象以一定的精神满足，而这一点通常是最善于推波助澜的颓废文化胜任愉快的。

有了以上诸条件，鄙陋习俗对人们心灵中审美尺度的扭曲，便往往大功告成。

但，这一种扭曲，永远只能是部分的侵害。

世间一切美的事物，都具有极易受到侵害的一面。但也同时具有不可能被总体颠覆形象的基本素质。

比如戴安娜，媒介去年将她捧高得如爱心女神，今年又贬她为"不过一个毁誉参半的、行为不检点的女人"。但，却无法使她是一个有魅力的女人这一点受到彻底颠覆。

某些事物本身原本就是美的，那么无论怎样的习俗都不能使它们显得不美。正如无论怎样的习俗，都不能使尖头肿颈者在大多数世人眼里看来是美的。

美女绝非某一个男子眼里的美女，通常她必然几乎是一切男子眼里的美女。他人的贬评不能使她不美，但她自身的内在缺陷——比如嫉妒、虚荣、无知、贪婪，却足以使她外在约、人人公认的客观美点大打折扣。

美景绝非某一个世人眼里的美景，通常它必然几乎是一切世人眼里的美景。

丑的也是。视觉永远是敏感的，真实可靠的，比审美的观点审美的思想更难以欺骗的。

美的不同种类是无穷尽的。

丑的也将继续繁衍丑的现象，永远不会从地球上消亡干净。

但我们人类的视觉永远不会将它们混淆，因为它们各有天生不可能被混淆的客观性。

这客观性是我们人类的心灵与造物之间可能达成的一致性的前提和保证。

正是在这一前提和保证之下，对于古希腊人古埃及人是美的那些雕塑，是雄伟的那些建筑，对于今天的我们依然是美的。正是在这一前提和保证之下，我们所处的这个时代一切美的事物，假设能够通过"时间隧道"移至我们的远古祖先们面前，大约也必引起他们对于美的赏悦和好奇。正如几乎一切古代的工艺品，今天引起我们的赏悦和好奇一样……

美是大地脸庞上的笑靥。因此需要有眼睛，以便看到它；需要有情绪，以便感觉到它。

我们只能怀着虔诚感激造物赐我们以眼睛和心灵。以为自己便是这世界的中心便是上帝，以为我不存在一切的美亦消亡，以为世上原本没有客观的美丑之分，美丑盖由一己的好恶来界定——

这一种想法既不但是狂妄自大的，也是可笑至极的。

我知道关于美究竟是客观的还是主观的这一哲学与美学之争至今可追溯到千年以前，但我坚定不移地接受前者的观点，相信美首先是客观的存在。

据我想来，道理是那么的简单——有许多美好的事物我没观赏到过，许多人都没观赏到过，但另外许多人可能正观赏着，可能正被那一种美感动着。

在我死掉以后，这世界上美的事物将依然美着。

时代和历史的演进改变着许多事物的性质，包括思想和观念。

但似乎唯有美的性质是不会改变的，改变的只是它的形式。它的性质既不但是客观的，而且是永恒的。它的形式只能被摧毁。它的性质不能被颠覆。

正如一只美的瓶破碎了，我们必惋惜地指着说："它曾是一只多美的瓶啊！"

倘某一天人类消亡了——一只鸟儿在某一早晨睁开它的睡眼，阳光明媚，风微露莹，空气清新，花儿茜紫翻红，草树深绿浅绿，那么它一定会开始悦耳地鸣叫吧？

它是否在因自然的美而歌唱呢？

它望见草地上一只小鹿在活泼奔跃——那小鹿是否也是在因自然的美而愉快呢？

灵豚逐浪，巨鲸拍涛——谁敢断言它们那一时刻的激动，不是因为感受到了那一时刻大海的壮美呢？

美是不可颠覆的。

　　七千年后的蜜蜂仍在营造着七千年前那么标准的六边形。七千年前那些美的标准和尺度，剔除病态的、迷乱的部分——几乎仍在我们今天的生活中是标准和尺度……

不但要经常问自己，你到底要什么，

还要经常问自己，什么才是够，多少才是够。

———

梁晓声

第五章　文化应该是有原则的

文化给我们的一种好处就在于可以适时地提醒我们调整自己的人生方向，思考退一步海阔天空。

不�³要经常问自己，你到底要什么，还要经常问自己，什么才是够，多少才是够，我觉得把这些都和自己对话清楚了之后，可能人生会相对变得压力减轻一些。

我的梦想

一

当然，我和一切人们一样，从小到大，是有过多种梦想的。

童年时的梦想是关于"家"，具体说是关于房子的。自幼生活在很小又很低矮、半截窗子陷于地下、窗玻璃破碎得没法儿擦又穷得连块玻璃都舍不得花钱换的家里，梦想有一天住上好房子是多么地符合一个孩子的心思呢？那家冬天透风，夏天漏雨，没有一面墙是白色的。因为那墙是酥得根本无法粉刷的，就像最酥的点心似的，微小的震动都会从墙上落土纷纷。也没有地板。甚至不是砖地，不是水泥地。几乎和外面一样的土地。下雨天，自家人和别人将外边的泥泞随脚带入屋里，屋里也就泥泞一片了。自幼爱清洁的我看不过眼去，便用铲煤灰的小铲子铲。而母亲却总是从旁训我："别铲啦！再铲屋里就成井了！"——确实，年复一年，屋地被我铲得比外面低了一尺多。以至于有生人来家里，母亲总要迎在门口提醒："当心，慢落脚，别摔着！"

哈尔滨当年有不少独门独院的苏式房屋，院子一般都被整齐的栅栏围着。小时候的我，常伏在栅栏上，透过别人家的窗子，望着别人家的大人孩子活动来活动去的身影，每每望得发呆，心驰神往，仿佛别人家里的某一个孩子便是自己……

因为父亲是新中国成立后的第一代建筑工人，所以我常做这样的梦——忽一日父亲率领他的工友们，一支庞大的建筑队，从大西北浩浩荡荡地回来了。父亲们以只争朝夕的精神，开推土机推平了我们那一条脏街，接着盖起了一片新房，我家和脏街上别的人家，于是都兴高采烈地搬入新房住了。小时候的梦想是比较现实的，绝不敢企盼父亲们为脏街上的人家盖起独门独院的苏式房。梦境中所呈现的也不过就是一排排简易平房而已。80年代初，六十多岁胡子花白了的父亲，从四川退休回到了家乡。已届不惑之年的我才终于大梦初醒，意识到凡三十年间寄托于父亲身上的梦想是多么的孩子气。并且着实地困惑——一种分明孩子气的梦想，怎么竟可能纠缠了我三十几年。这一种长久的梦想，曾屡屡地出现在我的小说中，以至于有评论家和我的同行曾发表文章对我大加嘲讽：

"房子问题居然也进入了文学，真是中国文学的悲哀和堕落！"

我也平庸，本没梦想过成为作家的。也没经可敬的作家耳提面命地教导过我，究竟什么内容配进入文学而什么内容不配。已经被我很罪过地搞进文学去了，弄得文学二字低俗了，我也就只有向文学谢罪了！

但，一个人童年时的梦想，被他写进了小说，即使是梦，毕竟也不属于大罪吧？

现在，哈尔滨市的几条脏街已被铲平。我家和许多别人家的子女一代，都住进了楼房。遗憾的是我的父亲没活到这一天。那几条脏街上的老父亲老母亲们也都没活到这一天。父亲这位新中国第一代建筑工人，凡三十年间，其实内心里也有一个梦想，那就是——动迁。我童年时的梦想寄托在他身上，而他的梦想寄托于国家的发展步伐的速度。

有些梦想，是靠人自己的努力完全可以实现的，而有些则完全不能实现，只能寄托于时代的、国家的发展步伐的速度。对于大多数人，尤其是这样。比如家电工业发展的速度加快了，大多数中国人拥有电视机和冰箱的愿望，就不再是什么梦想。比如中国目前商品房的价格居高不下，对于大多数中国工薪阶层，买商品房依然属梦想。

少年时，有另一种梦想楔入了我的头脑——那就是当兵，而且是当骑兵。为什么偏偏是当骑兵呢？因为喜欢战马。也因为在电影里，骑兵的作战场面是最雄武的，动感最强的。具体一名骑在战马上挥舞战刀、呐喊着冲锋陷阵的骑兵，也是最能体现出兵的英姿的。

头脑中一旦楔入了当兵的梦想，自然而然地，也便常常联想到了牺牲。似乎不畏牺牲，但是很怕牺牲得不够英勇。牺牲得很英勇又如何呢？——那就可以葬在一棵大松树下。战友们会在埋自己的深坑前肃立，脱帽，悲痛落泪。甚至，会对空放排枪……

进而联想——多少年后，有当年最亲密的战友前来自己墓前凭吊。一往情深地说："班长，我看你来了！……"

　　显然，是因受当年革命电影中英雄主义片段的影响才会产生这种梦想。

　　由少年而青年，这种梦想的内容随之丰富。还没爱过呢，千万别一上战场就牺牲了！于是关于自己是一名兵的梦想中，穿插进了和一位爱兵的姑娘的恋情。她的模样，始终像电影中的刘三姐，也像茹志鹃精美的短篇小说中的那个小媳妇。我——她的兵哥哥，胸前渗出一片鲜血，将死未死，奄奄一息，上身倒在她温软的怀抱中。而她的泪，顺腮淌下，滴在我脸上。她还要悲声为我唱歌儿。都快死了，自然不想听什么英雄的歌儿。要听忧伤的民间小调儿，一吟三叹的那一种。还有，最后的，深深的一吻也是绝不可以取消的。既是诀别之吻，也当是初吻。牺牲前央求了多少次也不肯给予的一吻。二口久吻之际，头一歪，就那么死了——不幸中掺点儿浪漫掺点儿幸福……

　　当兵的梦想其实在头脑中并没保持太久。因为经历的几次入伍体检，都因不合格而被取消了资格。还因后来从书籍中接受了和平主义的思想。于是祈祷世界上最好是再也不发生战争，祈祷全人类涌现的战斗英雄越少越好。当然，如果未来世界上又发生了法西斯战争，如果兵源需要，我还是很愿意穿上军装当一次为反法西斯而战的老兵的……

　　在北影住筒子楼内的一间房时，梦想早一天搬入单元楼。

　　如今这梦想实现了，头脑中不再有关于房子的任何梦想。真的，我怎么就从来也没梦想过住一幢别墅呢？因为从小在很差的房子里住过，思想方法又实际惯了，所以对一切物质条件的要求起点就都不太高了。我家至今没装修过，两个房间还是水泥地。想想小时候家里的土地，让我受了多少累啊！再望望眼前脚下光光滑滑的水泥地，就觉得也挺好……

二

现在，经常交替产生于头脑中的，只有两种梦想了。

这第一种梦想是，希望能在儿子上大学后，搬到郊区农村去住。可少许多滋扰，免许多应酬，集中更多的时间和精力读书与写作。最想系统读的是史，中国的和西方的，从文学发展史到社会发展史。还想写荒诞的长篇小说。还想写很优美的童话给孩子们看。还想练书法。梦想某一天我的书法也能在字画店里标价出售。不一定非是"荣宝斋"那么显赫的字画店，能在北京官园的字画摊儿上出售就满足了。只要有人肯买，三百元二百元一幅，一手钱一手货，拿去就是。五十元一幅，也行，给点儿就行。当然得雇个人替我守摊儿。卖的钱结算下来，每月够给人家发工资就行。生意若好，我会经常给人家涨工资的。自己有空儿，也愿去守守摊儿，侃侃价。甚而，"老王卖瓜，自卖自夸"几句也无妨。比如，长叹一声，自言自语道："偌大北京，竟无一人识梁晓声的字的吗？"——逗别人开心的同时,自己也开心,岂非一小快活？

住到郊区去，有三四间房，小小一个规整的院落就是可以的。但周围的自然环境却要好。应是那种抬头可望山，出门即临河的环境。山当然不能是人见了人愁的秃山，须有林覆之。河呢，当然不能是一条污染了的河。至于河里有没有鱼虾，倒是不怎么考虑的。因为院门前，一口水塘是不能没有的。塘里自己养着鱼虾呢！游着的几十只鸭鹅，当然都该姓梁。此外还要养些鸡。炒着吃还是以鸡蛋为佳。还要养一对兔。兔养了是不杀生的。允许它们在院子的一个角落刨洞，自由自在地生儿育女。纯粹为看着喜欢，养着玩儿。还得养一条大狗。不要狼狗，而要那种傻头傻脑的大个儿柴狗。只要见了形迹可疑的生人知道吠两声向主人报个讯儿就行。还得养一头驴。配一架刷了油的木结构的胶轮驴车。县集八成便在十里以外。心血来潮，阳光明媚的好日子，亲自赶了驴车去集上买东西。驴子当然是去过几次就识路了的，以后再去也就不必管它了。自己尽可以躺在驴车上两眼半睁半闭地哼歌儿，任由它蹄儿嗒嗒地沿路自己前行就是……当然并不每天都去赶集，那驴子不是闲着的时候多吗？养它可不是为了看着喜欢养着玩儿，它不是兔儿，是牲口。不能让它变得太懒了。一早一晚也可骑着它四处逛逛。不是驴是匹马，骑着逛就不好了。那样子多脱离农民群众呢？

倘农民见了，定会笑话于我："瞧这城里搬来的作家，骑驴兜风儿，真逗！"——能博农民们一笑，挺好。农民们的孩子自然是会好奇地围上来的，当然也允许孩子们骑。听我话的孩子，奖励多骑几圈儿。我是知青时当过小学老师，喜欢和孩子们打成一片……

还要养一只奶羊。身体一直不好，需要滋补。妻子、儿子、母亲，都不习惯喝奶。一只奶羊产的奶，我一个人喝，足够了。羊可由村里的孩子们代为饲养。而我的小笔稿费，经常不断的，应用以资助他们好好读书。此种资助方式的可取之处是——他们幼小的心灵中，完全不必念我的什么恩德，能认为是自己的劳动所得，谁也不欠谁什么，最好。

倘那时，记者们还有不辞路远辛苦而前来采访的，尽管驱车前来。同行中还有看得起，愿保持交往的，我也欢迎。不论刮风下雨下雪，自当骑驴于三五里外恭候路边，敬导之……

"老婆，杀鸡！"

"儿子，拿抄子，去水塘网几条鱼！"

如此这般地大声吩咐时，那多来派！

至于我自己，陪客人们山上眺眺，河边坐坐，陪客人们踏野趣，为客人们拍照留念。

三

将此梦想变为现实，经济方面还是不乏能力的。自觉思考成熟了，某日晚饭后，遂向妻子、儿子、老母亲和盘托出。却不料首先遭到老母亲的反对。"我不去。要去你自己去！"老母亲的态度异常坚决。我说："妈，去吧去吧，农村空气多好哇！"老母亲说："我一个八十多岁的老太太，需要多少好空气？我看，只要你戒了烟，前后窗开着对流，家里的空气就挺好。"我说："跟我去吧！咱们还要养头驴，还要配套车呢！我一有空儿就赶驴车拉您四处兜风儿！"

老母亲一撇嘴："我从小儿在农村长大，马车都坐得够够的了，才不稀罕坐你的驴车呢！人家的儿女，买汽车让老爸老妈坐着过瘾，你倒好，打算弄辆驴车对付我！这算什么出息？再者，你们这叫什么地方，叫太平庄不是吗？哈尔滨虽够不上大城市的等级，但那叫市！你把我从一个市接来在一个庄，现在又要把我从一个庄弄到一个村去，你这儿子安的什么心？"

我说："妈呀！那您老认为住哪儿才算住在北京了呢？您总不至于想住到天安门城楼上去吧？"

老母亲说："我是孩子吗？会那么不懂事儿吗？除了天安门，就没更代表北京的地方了吗？比如'燕莎'那儿吧！要是能住在那儿的哪一幢高楼里，到了晚上，趴窗看红红绿绿的灯，不好吗？"

我说："好，当然是好的。您怎么知道北京有个'燕莎'呢？"老母亲说："从电视里呗！"我说："妈，您知道'燕莎'那儿的房价多贵吗？一平方米就得一万多！"她说："明知道你在那儿是买不起一套房子的，所以我也就是梦想梦想呗！怎么，不许？"我说："妈，不是许不许的问题，而是……实事求是地说……您的思想怎么变得很资产阶级了啊？"老母亲生气了，瞪着我道："我资产阶级？我看你才满脑袋资产阶级呢！现在，资产阶级已经变成你这样式儿的了！现在的资产阶级，开始从城市占领到农村去了！你仗着自己有点儿稿费收入，还要雇人家农民的孩子替你放奶羊，你不是资产阶级是什么？那头驴你自己有长性饲养吗？肯定没有吧？新鲜劲儿一过也得雇人饲养吧？还要有私家的水塘养鱼！我问你，你一个人一年吃得了几条鱼？吃几条买几条不就行了吗？烧包！我看你是资产阶级加地主！……"

　　我的梦想受到老母亲严厉的批判，一时有点儿懵懂。愣了片刻，望着儿子说："那么，儿子你的意见呢？"儿子干干脆脆地回答了两个字是——"休想。"我板起脸训道："你不去不行！因为我是你爸爸。就算我向你提出要求，你也得服从！"儿子说："你不能干涉我的居住权。这是违法的。法律面前，父子平等。何况，我目前还是学生。一年后就该高考了！"我说："那就等你大学毕业后去！"他说："大学毕业后，我不工作了？工作单位在城市，我住农村怎么去上班？"智者千虑，必有一失，这个问题我还真没考虑。儿子不去农村，分明有正当的理由。

　　我又愣片刻，期期艾艾地说："那……你可要保证常到农村去看老爸！我就你这么一个儿子，你有关心我的责任和义务！其实，对你也不算什么负担。将来你结婚了，小两口儿一块儿去！"

　　儿子淡淡地说："那就要具体情况具体分析，看我们有没有那份儿时间和精力了！"我说："去了对你们有好处！等于周末郊游了吗！回来时，老爸还要给你们带上些新鲜的蔬菜瓜果。当然都是自家种的绿色植物！……"妻子这时插言了："哎等等，等等，梁晓声同志，先把话说清楚，自家种的，究竟是谁种的？你自己亲手种的吗？……"老母亲又一撇嘴："他？……有那闲心？还不是又得雇人种！富农思想！地主思想！比资产阶级思想还不如！……"

　　我不理她们，继续说服儿子："儿子，亲爱的儿子呀，你们小两口每次去，老爸还要给你准备一些新下的鸡蛋，刚腌好的鸭蛋、鹅蛋！还有鱼，都给你们剖了膛，刮了鳞，收拾得干干净净的……"

　　妻子插言道："真贱！"

我吼她:"你别挑拨离间!我现在要的是儿子的一种态度!"

儿子终于放下晚报,语气郑重地说:"我们带回那么些杂七杂八干什么?你收拾得再干净,我们不也得做熟了吃吗?我们将来吃定伙,相中一个小饭店,去了就吃,吃了就走,那多省事儿!"

儿子一说完,看也不看我,起身回他的房间写作业去了……妻子幸灾乐祸地一拍手:"嘿,白贱。儿子根本没领情儿。"我大为扫兴,长叹一声,沮丧地说:"那么,只有我们上了!"妻说:"哎哎哎,说清楚说清楚——你那'我们',除了你自己,还有谁?"我说:"你呀。你是我妻子呀!你也不去,咱俩分居呀?"妻说:"你去了,整天看书、写作,再不就骑驴玩儿,我陪你去了干什么?替你洗衣服、做饭?"我说:"那么点儿活还能累着你?"妻说:"累倒是累不着。但我其余的时间干什么?"我再次发愣——这个问题,也忽略了没考虑。我吭哧了半天,嗫嗫嚅嚅地说:"那你就找农民的妻子们聊天嘛!"妻说:"你当农民们的妻子都闲着没事儿哇?人家什么什么都承包了,才没精力陪城里的女人聊大天呢!只有老太太们才是农村的闲人!""那你就和她们聊……""呸!……""你们都不去,我也还是要去的!我请个人照顾我!""可以!我帮你物色个半老不老的女人,要四川的?还是河南的?安徽的?你去农村,我和儿子,包括咱妈,心理上还获得解放了呢!是不妈?"老母亲连连点头:"那是,那是……"我抗议地说:"我在家又妨碍你们什么了?"老母亲说:"你一开始写东西,我们就大声儿不敢出。你压迫了我们很久,自己不明白吗?还问!"

我的脾气终于大发作，冲妻嚷："我才用不着你物色呢！我才不找半老不老的呢！我要自己物色，我要找年轻的，模样儿讨人喜欢的，性子温顺的，善解人意的！……"

妻也嚷："妈，你听，你听！他要找那样儿的！……"

老母亲威严地说："他敢！"——手指一戳我额心："生花花肠子了，啊？！还反了你了呢！要去农村，你就自己去！半老不老的也不许找了！有志气，你就一切自力更生！"

哦，哦，我的美好的梦想啊，就这样，被妻子、儿子、老母亲，联合起来彻底捣碎了！

此后我再也没在家里重提过那梦想。

一次，当着一位朋友又说。朋友耐心听罢，慢条斯理地开口道："你老母亲批判你，没批判错。你那梦想，骨子里是很资产阶级！那是时髦呀！你要真当北京人当腻歪了，好办！我替你联系一个农村人和你换户口，还保证你得一笔钱，干不？"

我脸红了，声明我没打算连北京户口也不要了……

朋友冷笑道："猜你也是这样！北京人的身份，那是要永远保留着的，却装出讨厌大都市，向往农村的姿态。说你时髦，就时髦在这儿……"

我说："我不是装出……"

朋友说："那就干脆连户口也换了！"

我张张嘴，一时不知再说什么好。

此后，我对任何人都不敢再提我那自觉美好的梦想了。

但——几间红砖房，一个不大不小的农家院落，院门前的水塘、驴、刷了油漆的木结构的胶轮车等等梦想中的实景实物，常入我梦——要不怎么叫梦想呢……

现在，我就剩下一个梦想了。那是——在一处不太热闹也不太冷清的街角，开一间小饭店。面积不必太大，一百多平方米足矣。装修不必太高档，过得去就行。不为赚钱，只为写作之余，能伏在柜台上，近距离地观察形形色色的人，倾听他们彼此的交谈。也不是为了收集什么写作的素材，我写作不靠这么收集素材。根本就与写作无关的一个梦想。

究竟图什么？

也许，仅仅企图变成一个毫无动机的听客和看客吧！既毫无动机，则对别人无害。

为什么自己变得喜欢这样了呢？

连自己也不清楚。

任何两个人的交谈或几个人的交叉交谈，依我想来，只要其内容属于闲谈的性质——本身都是一部部书，一部部意识流风格的书。

觉得自己融在这样一部部书里，觉得自己的存在毫无意义地消解在那样的也毫无意义的意识流里，有时其实是极好的感觉。我的第二种梦想，与我对那一种感觉的渴望有关。经常希望在某一时间和某一空间内，变成一棵植物似的一个人——听到了，看见了，但是绝不走脑子，也不产生什么想法。只为自己有能听到和能看见的本能而愉悦。好比一棵植物，在阳光下懒洋洋地垂卷它的叶子，而在雨季里舒展叶子的本能一样。倘叶子那一时也是愉快的，我的第二种梦想，与拥抱住类似的愉快有关……

静好的时代

　　这次我随身带来的差不多是五六本杂志，我在途中就已经认真地读完了其中的两册杂志；刚才我们邹进先生说的那一首诗，我就是在到上海的列车上，在一本杂志上读到的。或者是《青年博览》，或者是《读者》上，这是关于一段小诗的一个摘录。我觉得这就是书籍、阅读和人的关系。你错过了这个机会，你没有翻开那一本杂志，你就不知道有一个叫邹进的人，他对于阅读这件事，对于现代文明下人的生活方式的改变，有着这样的一些想法。不管你同意还是不同意。

　　读书对人有什么好处呢？某些外国电影中每有这样的对话：就一人游说另一人参与某事，另一人反问，对我有什么好处？事关好处，老外们喜欢直截了当。所谓好处当然可以指精神上的。我常被绑架到各种场合劝人读书，我觉得这是一件极尴尬的事情。劝人读书就好像劝一个不喜欢运动的人要坚持健身一样。而我碰到的许多不健身的人经常跟我说，长寿的秘诀就是吸烟、喝酒、不锻炼。你要碰到一个不读书的人，他说，我没有觉得对我有任何损失，事实上你是无语的。因此我谈的是读闲书，闲书与闲书不同，有的闲书不值一读，有的闲书人文元素的含量颇高。读后一类闲书即使不能益智，起码也能养心怡情。在那样一些场合往往并没有人直截了当地问：读书对我有什么好处？然而我却看得出，几乎所有的人内心里都在这么问。事关好处国人之大多数仍羞羞答答的，其实大家心里也都在问，读书究竟对人有什么好处呢？现而今，谁愿意将时间用在对自己什么好处也没有的事上呢？非说"书中自有颜如玉，书中自有黄金屋"，那就等于是忽悠。若说书是知识的海洋，其书恰恰指的不是闲书，而是专业书，而是学科书。若说书能养成气质，无非指的是书卷气，但要形成那种气质得读很多书，而且论到气质，谁又在乎自己书卷气的有无呢？分明当下更令人肃然起敬的是官气和财气，谁敢说官气和财气就不属于气质呢？要知天下事，看报、看电视、上网就可以了，凤凰卫视有一档节目便是《天下被网罗》，专门报道网络新闻，何必读闲书呢？要了解历史吗？网上的史事资料足可以满足一般人对史的兴趣。都说读书的人会有别种的幽默感，但目前中国人最不缺乏的就是幽默感，微博、短信每天互夸的幽默段子不是已经快令国人餍足了吗？

那读书究竟对人有没有好处呢？我个人觉得，如果一个人自觉地摆正自己是人类一员的位置，就好回答。因为文字的产生开启了人类真正的历史，同时派生了传播知识思想和信仰的书籍。工具的发明只不过使人类比其他动物在进化的长征中跃进第一步，运用工具使人类的智商在生物链上独占鳌头，但是如果没有书籍的引导，人类只不过是地球上智商最高，但也最狡猾、最凶残的动物。书籍是人类最早的上帝，教我们的祖先有所敬畏、忏悔和警戒。读书，世界读书节，是体现人类对书籍感恩的虔诚心。

为什么一个国家读书人口的多少也标志着该国的文明程度呢？因为读书不但需要闲暇的时间，同时需要人在那一时段有静好的心情。有些事人在不好的心情下也可以做，比如饮酒、吸烟、听音乐，有些事会使人产生好心情，但不见得是一种又沉静又良好的心情，甚至可能是一种失态、变态、庸俗的所谓好心情，比如集体的娱乐狂欢，比如成为动物斗场上的看客。对于人，只有一种事能使人处于沉静又良好的心情，沉静到往往可以长久地保持一种姿态，忘了时间，进入一种因为自己的心情沉静了，似乎整个世界都沉静下来的程度。找到一种内心里仿佛阳光普照，或有清泉淙淙流淌，或有炉火散发着惬意的暖度。细细想来，这么一种又沉静又良好的时光，迄今为止，除了是读书的时光，几乎还是读书的时光。当然，指的是读好书。一个时代、一个社会将读书当成享受的人多了，证明它留给人的闲暇的时光是充足的，体现了高层面的人性化，同时证明人心的较良好的状态是常态。失业者的闲暇时光也是有的，但如果长期失业，他们会因那样的被闲暇而脾气暴躁，希望他能享受读书时光的静好，是站着说话不腰疼。故读书人口多了，间接证明一个时代、一个社会本身是静好的时代、静好的社会、静好的国家。反之反证。

数字阅读的时代刚刚来临，是否意味着人类将会告别读书这一古老而良好的习惯呢？刚才我们听到陈超馆长以及你们都谈到这一种忧虑啊。有人断言那是早晚的事，最快五十年后便成现实。我认为不会，起码一百年后还不会。一百年后的地球怎样呢？没谁说得准。为什么不会呢？因为人与书籍的亲情对于一部分读书人类而言，早已成为基因，成了 DNA 的一部分。小海龟一出壳就会朝向海里爬，有读书习惯的人类的后代往往两三岁的时候就会本能地将带图带字的书籍往父母手中塞，小孩子与书籍的亲情是父母日常习惯的示范的结果。一位母亲给自己的孩子读书上的好故事，永远是人类的美好式亲情。不管水平多高的朗读者的录音起初都比不上坐在孩子身边的母亲的捧书亲读。人长大以后一般记不住偎在妈妈怀里吃奶的细节，但听母亲给自己读书的温馨往往会成为终生的记忆。只要有携带读书基因的父母，人类的读书种子便会一代代繁衍不息，写书的人、出版者、发行者、图书馆工作人员，是为这样一些人类服务的。后一种人其一历史时期会少，但永不会绝种。数字书籍与字纸书籍并非前者灭后者的关系，而有时也应该是相得益彰的关系。

一位母亲教自己两三岁的孩子用手机或弄 iPad，这种情形不论是画，是摄影，在我看来都是可怕的，会使我做噩梦；梦到外星人变成了人类的母亲们，而将人类真正的母亲给害死了。今天的广告创意者是多有才能呢？为什么苹果也罢，三星也罢，刚才包括我们看到的那个广告图片也罢，从没有人推崇过以上情形的广告：就是一位母亲在教自己两三岁的孩子看手机，对吧？因为那也许将遭到集体的抗议甚至起诉，罪名是企图异化人类后代，使人类从基因上变种。

博客时代很快就被微博时代抢了风头，微博时代已分明是强弩之末，海量的段子令人眼花缭乱；这个情形似乎已经过去，人们转发的兴致已经不那么高了。原来的时候我有明确的感觉，我在初用手机的时候每天都得转发个段子，后来我碰到转发的人，问，你们怎么不转发给我了？他自己有一点索然了，因为太多了，他已经转发过一年的光景了，他玩腻了。微博是什么呢？微博最使人刮目相看的是传播消息的速度，远快过报刊、广播、电视。但人类不是仅仅靠知道一些事才感觉到自己存在。人类还要知道某些人为什么成为那样一些人，某些事为什么会发生，更要知道自己属于哪种人，什么人；如果想要改变，怎样改变。人生苦短，应当活出几分清醒，唯有书籍能助人达成此点。电脑功亏一篑，而手机不能，甚至恰恰相反。我跟我的研究生谈过一次话，因为她是眼睛红着在跟我谈论文，我说昨天晚上干什么了，她说昨天晚上在网上阅读了。我说，几个小时？她说三个小时到四个小时。我说你一直在网上阅读老师给你留下书目的那些文章吗？她说不是，半个小时之后我想轻松一下。我说半个小时之后，又之后呢？她说又之后我就下不来了，就去看别的了。我不太相信，有人在网上读雨果的《悲惨世界》上、中、下，读托尔斯泰的《战争与和平》，读《追忆似水年华》，对吧？好多名著都不可能是在网上读的，所有那些在网上阅读的人，除了我们的陈超馆长，十之七八是忽悠我们，他在冒充读书人。

我建议小学五六年级的学生应该像断奶那样告别儿童的文字故事，开始读少年故事，而初中生应该开始读青年故事，高中生应该开始读一切内容健康的正能量的成人书籍。总之读书这件事起码要超越实际年龄两三岁，否则谈不上益智，怡情也太迟了，怡心则成马后炮。我认为对于今日之儿童少年，怡情、怡心比益智、励志更重要。我们现在到处看到的励志，都想让大家成为大款，我们的儿童、我们的孩子们似乎只剩下了这么一种志向。一个智商较高但缺乏人性之美的人，即使外表再帅再靓，也很难是可爱的，令人敬佩的。谁不希望自己是可爱的呢？这是我们人作为人的底线，读书能使我们保持这种底线。

故我建议当下之中国男性也应该多读一些出自女性笔下的文章、文学作品、书籍。我的阅读体会是汉文字在当代女性笔下呈现的种种优美似乎超过了男人，不但喜读而且爱写的中国当代女性向汉文字、汉词汇中注入了前所未有的灵动、俊美的气息。同样，我也建议当下之中国少女、姑娘们读一些男人们笔下的文章、文学作品，这里主要讲散文、杂文、随笔以及较有思想含量的书籍。这年头知识泛滥，而思想，对于中国人却又是弥足珍贵的。如果当下之中国女性仅仅陶醉于自己是极感性的动物，是我们这个时代的悲哀，毕竟女性是半边天。如果我们对这个时代不中意，改变它是男女共同的事业，而改变时代也需要靠思想。

我最近读到的一篇好文章是发表于本期《粤海风》杂志上的上海作家协会吴亮先生的一篇书评，或曰关于一本外国学者写的书的批评。我读了一遍尚不能完全明了他的观点，但其思想表达之美已令我折服。作为美文，推荐给诸位。因为我跟吴亮仅在二十年前见过一面，我不存在给他做广告的嫌疑。

　　我建议人们吸收中国传统文化思想时应取这样一种态度，如果说世界是地球村，那么文化思想，不论东方的、西方的，首先都是人类的。将传统文化思想当成盾，企图用以抵挡西方文化的心理，是我所反对的。我赞成各美其美、美人之美、美美与共的文化态度。阅读使女性变美，会使美女更美。我们看绘画史就知道，西方的油画史中多次画到阅读中的各种年龄的女性，而且既然进入了美术史，既然成为经典，一直到现在被人们欣赏而不厌，那就证明她真的是美的，再也没有比人类在阅读的时候的姿态更美的了。尤其对于女性，我个人觉得有四种姿态是最美的：第一就是阅读时的女性，第二就是哺乳着的年轻的母亲，第三就是恋爱中的女孩儿，哪怕她手持一枚蒲公英在遐想，第四就是白发苍苍的老妪闲坐在家门口的那样一种安适，我觉得这是非常非常美的。

　　谈到读书对人究竟有什么好处，我想举我自己的一个例子，就是我在下乡之前或者在"文革"之前看过托尔斯泰的一个短篇叫作《舞会以后》，讲的是在要塞中做上尉副官的主人公伊凡爱上了司令官的女儿，那姑娘是相当俊美。有一天这个司令官的花园里正举行派对，绅男淑女在月光下，挽着手臂浪漫地谈诗、谈爱情、谈崇高的情操、谈人格的力量等等；而就在花园的另一端，在实行着鞭笞，在鞭打一名开小差的士兵因为他回家去看了自己生病的孩子。这时就有了伊凡和司令官女儿的对话，他问那女孩为什么，女孩告诉他原委。他说你去替我请求你的父亲可以终止了，因为我已经暗数了已经鞭笞的次数。那女孩说，不，我不能，这是我父亲的工作，他在执行他的工作，以后你如果成为我们家庭的一员，你应该习惯这一点。伊凡吻了她的手之后告辞了，他在心里面对自己说：上帝啊，哪怕她是仙女下凡，我也不能爱这样的女孩。这样的女孩之可怕就在于，我们从"二战"中的一些资料中可以看到，在屠杀犹太人的时候，纳粹军官和他的妻子孩子可能正在领导督察，他们显示出德国上流社会的某种姿态。

一个人在他少年的时候读到这样的书，这书肯定影响了他的心灵，这使我有资格对外国记者们说——当他们来采访我的时候问，你在"文革"中的表现的时候——对不起先生们，你们选错了人，我正是在"文革"中知道怎样去关怀人、同情人，暗中给人一点温暖。

还举一个例子，就是我的三名没有见过面的知青战友的过去，我从一篇文章中看到关于他们的书的事情。他们当年是某团部的电话员、广告绘画员，还有一位是图书管理员之类的。他们发现有一个破仓库里藏着那么多当时封起来不给借阅的书，有天晚上就偷偷地拿了几本，回去拉上床单看。偷看的其中一本书是苏联的《叶尔绍夫兄弟》，叶尔绍夫兄弟中有一个老三叫斯杰潘，这斯杰潘参加过"二战"，他的军队集体失去了战斗能力，他成了俘虏，却没有自杀。后来他逃出来，回到了家乡。战争结束，和平建设开始了，他跟两个哥哥都成了官员，但两个哥哥都不能公开和他见面。他们都拒绝认他，包括他爱过的姑娘。他爱过的姑娘后来被德军毁容了。她在见到他的时候也在说，我被糟蹋的时候你在哪里？不管他在哪里，他曾经是一位战士，但也失去了战斗能力。那么在这个时候，三个阅读的青年中，有一个青年说，我想说一句心里话，我也是那么同情斯杰潘。我觉得读书就应该这样读、这样思考，我个人能理解那时那种人性的营养是怎样注入了这少年的心田。当书籍的、人文的营养注入了少年的心田的时候，我们就会对那样的事情怦然心动。比如说我曾经在课堂上读过这样一篇小小的散文。"二战"结束后，一队德国的士兵路过一个集体农庄，所有的村民都列队两边怒视着德军们。队伍中有一名年龄最小的士兵，他受伤了，他恐惧，发冷，浑身颤抖，他还在哭泣。这时候有一个老大娘向他冲过去，那小兵当时就吓呆了，其实那老大娘跑过去之后只不过是把自己的头巾摘了下来，给他围上。我对人性所能达到的这样的高度充满了敬意。但是，只有读书才能使人对这样的一篇小文心有灵犀，人们不仅仅是对那些虽然可笑但没有多大意思的段子有感觉。谢谢大家！

主持人：梁先生请留步，谢谢梁先生给我们带来这次精彩的演讲。让我们再一次以热烈的掌声表示感谢！下面是提问的时间，大家举手示意。

提问人：梁老师您好。（梁：你好！）我是原来《中国图书商报》的记者潘启雯，我们8月1日更改为《中国出版传媒商报》。刚才梁老师说，男性要读一些女性写的书，女性要读一些男性作家的书，您能不能给台下的女读者推荐一本书，也给男读者推荐一本书呢？谢谢！

梁：推荐一本？我想不论是男性读者还是女性读者，读一本书而欲获益匪浅，那绝对是不够的。我现在的感觉是，到了我们这个年龄不应该仅仅是读小说。我经常觉得，作为作家，我们的想象力已经远远低于现实本身的"创造性"。就是现实中发生的事情使我们在提笔写的时候经常告诫自己，你要这样胡编吗？人怎么可能坏到那样的程度？人怎么可能虚伪到那样的程度？人怎么可能堕落到那样的程度？作为一个 21 世纪的中国的医生，怎么可能会把自己还比较熟悉的人的孩子给卖掉？这种想象力即使写到书中去，它也不真实，但是生活告诉我们，这就是真事。包括那个上海的法官们去嫖娼的事情，关键在于，又说句实在话，法官们那样，我想也不奇怪。我比较震惊的是揭发他们的那个人，那是一个人的复仇，一个人的潜伏，一个人的战争，而且我觉得他只有那样战斗才能成功。有这样的细节，就是当对方的母亲去世了，他居然还出现在对方母亲的丧礼上，并且还献了一个花圈，然后呢又站在对方背后、近在咫尺的地方打量着对方。

所以，我只有在看到和我比较熟悉的作家的名字的时候，而且是重点作品的时候，我会读一下小说。这个年龄要读一些史，要读一点哲学。而且我个人认为，从唐到北宋的这一段历史，其实不读也罢，我们都知道那段中国太辉煌了。可从南宋一直读到元朝，再读到明朝。我觉得明朝都可以越过去，再读一下清朝，这时能够明白，我们中国人怎么会变成今天这样的一种心性。大家都说大清朝有康乾盛世，但是我建议大家回去画中西历史图表，画图表你就能看出来。从宋末开始近六百年，尤其是后四百年的时候，西方出现了那么多大事件，出现了那么多改变国家制度的思想力，而中国是宋词、清诗，然后呢，《四库全书》，然后是《康熙字典》，然后是《全唐诗》。我们全民族的思想力在那么漫长的时间几乎都变成了修书，对吧？因此我觉得真正要读一读史，真正要读你得从晚清到民国，到 1949 年以前。我们要补上这一课，看看那时的中国人和我们有什么区别。说句心里话，我更想的是，那时的知识分子和我们有什么区别。我每读那时的史和诗的时候，我心里就在想，我怎么变成了这样？我还努力想变好一点，也不过就好了这么一点点，或者叫作不坏的一个知识分子，但中国不仅仅需要这样的知识分子。谢谢！

主持人：非常感谢梁教授，虽然没有一本具体的书，但是我们大家记到了很多很多的书。我想大家可以抓紧宝贵的时间，还有谁要提问？我问一下，梁先生我想问一下，你现在如何健身？

梁：我属于那种不运动的人，但是偶尔散散步。我已经写了这么长的时间，有时候写小说，有时候写杂文，到后来写中国社会各阶层分析——受前辈的文化知识分子的影响太深，总想肩起来一点儿对我们时代起作用的责任，但是我真的觉得累了。最近我下决心了，我何必非要做堂吉诃德呢？我来做桑丘，因为我觉得我做堂吉诃德那么长时间，现在有资格做一下桑丘，做堂吉诃德的责任应该留给今天的三十岁左右的人们。嗯，谢谢大家！

提问人：梁教授您好！今天听了您的演讲，我感到震撼。您在这里震撼了我，也震撼了大家。但是，震撼的时间太少了，地点太小了，范围太小了。我只提一个要求，希望放大您的声音，努力放大，放大再放大。作为一个出版社的从业人员，我深深知道，网络的毒害很大，限定网络有这么难吗，我希望在您的呼吁之下，我们这个民族重新回到读书这个优秀的传统当中来。谢谢！

梁：网络呢，我倒也不视它为洪水猛兽。但是我在火车上读《读者》的原创版，我发现原创版有一封编者致读者的信，那信里面也透露出刚才的那种悲观。说这么长时间了，我们的原创版还凝聚着这样一些粉丝，这样一些读者，谢谢大家。那意思透露出它的读者群也已经在萎缩。还有一点，我以前坐火车的时候，说起来应该是我们那个年代，在火车里经常有推着车来卖杂志，后来我发现没有了；我又坐了几次火车，发现没有了。我发现火车上所有的人都拿一个大的笔记本（电脑），或者拿一个iPad。我要说的是女性们，即使看 iPad 的时候也要设计师临时设计一下，看 iPad 这个姿势怎样更美一点？我有一次在饭店里吃饭，离我不太远的地方一张桌子上坐着一个中年女性。我非常害怕，我总以为她神经是不是有一点不对，因此可能我的表情流露出来了，她也不拿好眼色看我。她拿着这么大的一个手机，她拨弄手机的姿势非常夸张，这样。我们那时候还不知道她在干吗，我们生怕她一会儿会冲过来，是吧。我觉得，这些是老美发明的，是西方发明的，可是这个国家非常奇怪。你看奥巴马告诉他的女儿们，要限制她们上电视的时间，要限制她们用手机的时段。许多美国电影里面可以看出，他们都给孩子买那个智能最单纯的手机，就说爸妈要知道你在放学之后，在某个时间，你在哪儿，就是那样的手机而已。可我们这里孩子们看、玩的那手机越来越智能。关键在于，有一次我在机场，看到中外两个团队的孩子们，大约是中学生，是夏令营互送的。这一面儿是外国的孩子们，人手一本书，包括我们中国的字纸的那种图很多字很少的书，他们在学汉语，他们都在那儿认真地看。到我们这儿，人手一手机，我立刻就看到，这是他们发明的东西，在我们这儿变成了这样，而他们的人不这样，他们的孩子不这样。这两种孩子长大后是要竞争的，我们要思考这个问题。谢谢大家！

主持人：还有最后一位。（梁：好的。）

提问人：梁先生您好！我是《经济参考报》的记者王毅。梁先生您刚才说到我们应该多读一些晚清民国时候的历史书籍，在我们这样的年龄，可以少读一些小说，多读一些有思想的东西。我想提的问题是，晚清民国时期有没有哪一位有思想的文人对您影响最大？而且有没有哪一位思想家，或者有思想的文人的作品对梁先生有影响？

梁：有。太有了——蔡元培、陈独秀、胡适、梁启超等等，他们的道德文章，确实令我极为尊敬。但，一个人不应只读自己尊敬的人的书，应尽量读一切有助于自己开阔思想维度的书。亲爱的同志，我跟你说，就在昨天晚上，华东师大的三位教授同志到房间里去看我，其中一位是当年复旦大学高我两届的同学。他在那个年代由于对于"四人帮"的倒行逆施，保持他的独立的品格，后来被同学揭发了，然后就被开除党籍和学籍了，被罚回崇明岛去劳改了。因此当时我没见到他。昨天他来看我，带了他的两位教授同伴。我们昨天晚上都在谈我们对于国家的发展的肯定，那发展我们要看到，就包括像跟我上大学的时候就是不一样，复旦大学那个时候位置上还是一片荒野呢对吧，但是现在你们看浦东新区等等，我们要看到这一点。但是我们也感到了忧虑，那些忧虑是需要我们共同交流、共同碰撞，有的时候我们这样的人，觉得自己读了一点书的人，居然还看不明白目前的中国是怎么样的，甚至还看不明白我们未来的方向究竟是怎样的。因此就要不断地交流、不断地看书、不断地来判断，这样才能使我们作为一个文化知识分子，在特殊的情况下摆正自己的立场，因为我们有时要表达立场。谢谢大家！

中国人文文化的现状

　　我先朗诵一首台湾诗人羊令野的《红叶赋》：我是裸着脉络来的，唱着最后一首秋歌的，捧出一掌血的落叶啊，我将归向我第一次萌芽的土。风为什么萧萧瑟瑟，雨为什么淅淅沥沥，如此深沉的漂泊的夜啊，欧阳修你怎么还没有赋个完呢？我还是喜欢那位宫女写的诗，御沟的水啊缓缓地流，小小的一叶载满爱情的船，一路低吟到你跟前。

　　现在是一个多元化的时代，对文学的理解也以多元为好，一个人过分强调自己所理解的文学理念的话，有时可能会显得迂腐，有时会显得过于理想主义，甚至有时会显得偏激。而且最主要的是我并不能判断我的文学理念，或者说我对文学现象的认识是否接近正确。人不是越老越自信，而是越老越不自信了。这让我想起数学家华罗庚举的一个例子，他说人对社会、对事物的认识，好比伸手到袋中，当摸出一只红色玻璃球的时候，你判断这只袋子里装有红色玻璃球，这是对的，然后你第二次、第三次连续摸出的都是红色玻璃球，你会下意识地产生一个结论：这袋子里装满了红色玻璃球。但是也许正在你产生这个意识的时候，你第四次再摸，摸出一只白色玻璃球，那时你就会纠正自己："啊，袋子里其实还有白色的玻璃球。"当你第五次摸时，你可能摸出的是木球。"这袋子里究竟装着什么？"你已经不敢轻易下结论了。

我们到大学里来主要是学知识的，其实"知识"这两个字是可以，而且应当分开来理解的。它包含着对事物和以往知识的知性和识性。知性是什么意思呢？只不过是知道了而已，甚至还是只知其一，不知其二。同学们从小学到中学到高中，所必须练的其实不过是知性的能力，知性的能力体现为老师把一些得出结论的知识抄在黑板上，告诉你那是应该记住的。学生把它抄在笔记本上，对自己说那是必然要考的。但是理科和文科有区别，对理科来说，知道本身就是意义。比如说学医的，他知道人体是由多少骨骼、多少肌肉、多少神经束构成的，在临床上，知道肯定比不知道有用得多。

但是文科之所以复杂，是因为它不能仅仅停止在"知道"而已，尤其在今天这样一个资讯发达的时代。比如说我在讲电影、中外电影欣赏评论课时，就要捎带讲到中外电影史；但是在电影学院里，电影史本身已经构成一个专业，而且一部电影史可能要讲一学年。电影史就在网上，你按三个键，一部电影史就显现出来了，还需要老师拿着电影史画出重点，再抄在黑板上吗？

因此我讲了两章以后，就合上书了。我每星期只有两堂课，对同学来说，这两堂课是宝贵的，我恐怕更要强调识性。我们知道了一些，怎样认识它？又怎样通过我们的笔把我们的认识记录下来，而且这个记录的过程使别人在阅读的时候，传达了这种知识，并且产生阅读的快感？本学期开学以来，同学们都想让我讲创作，但是我用了三个星期六堂课的时间讲"人文"二字。大家非常惊讶，都举手说："人文我懂啊，典型的一句话就够了——以人为本。"你能说他不知道吗？如果我问你们，你们也会说"以人为本"；如果下面坐的是政府公务员，他们也知道以人为本；若是满堂的民工，只要其中一些是有文化的，他也会知道人文就是以人为本。那么我们大学学子是不是真的比他们知道得更多一点呢？除了以人为本，还能告诉别人什么呢？

如果我们看一下历史，三万五千年以前，人类还处在蒙昧时期，那时人类进化的成就无非就是认识了火，发明了最简单的工具武器；但是到五千年前的时候已经很不一样了，出现了城邦的雏形、农业的锥形，有一般的交换贸易，而这时只能叫文明史，不能叫文化史。

文化史，在西方至少可以追溯到公元前3500年，那时出现了楔形文字。有文字出现的时候才有文化史，然后就有了早期的文化现象。从公元前3500年再往前的一千年内，人类的文化都是神文化，在祭祀活动中，表达对神的崇拜；到下个一千年的时候，才有一点人文化的痕迹，也仅仅表现在人类处于童年想象时期的神和人类相结合生下的半人半神人物传说。那时的文化，整整用一千年时间才能得到一点点进步。

到公元前500年时，出现了伊索寓言。我们在读《农夫和蛇》的时候，会感觉不就是这么一个寓言吗？不就是说对蛇一样的恶人不要有恻隐吗？甚至我们会觉得这个寓言的智慧性还不如我们的"杯弓蛇影"，不如我们的"掩耳盗铃"和"此地无银三百两"。我们之所以会有这种想法，是因为我们不能把寓言放在公元前500年的人类文化坐标上来看待。公元前500年出现了一个奴隶叫伊索，我个人认为这是人类第一次人文主义的体现。想一想，公元前500年的时候，有一个奴隶通过自己的思想力争取到了自己的自由，这是人类史上第一个通过思想力争取到自由的记录。伊索的主人在世的时候曾经问过他："伊索，你需要什么？"伊索说："主人，我需要自由。"他的主人那时不想给伊索自由。伊索内心也不知道自己能不能获得，他经常扮演的角色也只不过是主人有客人来时，给客人讲一个故事。伊索通过自己的思想力来创造故事，他知道若做不好这件事情，他决然没有自由；做好了，可能有自由，也仅仅是可能。当伊索得到自由的时候，已经四十多岁了，他的主人也快死了，在临死前给了伊索自由。

当我们这样来看伊索、伊索寓言的时候，我们会对这件事，会对历史心生出一种温情和感动。这就是后来为什么人文主义要把自由放在第一位的原因。在伊索之后才出现的苏格拉底、柏拉图、亚里士多德，师生三位都强调过阅读伊索的重要性，我个人把它确立为人类文明史中相当重要的人文主义事件。还有耶稣出现之前，人类是受上帝控制的，上帝主宰我们的灵魂，主宰我们死后到另一个世界的生存。但是到耶稣时就不一样了，从前人类对神文化的崇拜（这种崇拜最主要体现在宗教文化中），到耶稣这里成为人文化，这是一种很大的进步。即使耶稣这人是虚构出来的，也表明人类在思想中有一种要摆脱上帝与自己关系的本能。耶稣是人之子，是由人类母亲所生的，是宗教中的第一个非神之"神"。我们要为自己创造另一个神，才发生了宗教上的讨伐。最后在没有征服成功的情况下，说："好吧，我们也承认耶稣是耶和华的儿子。"因为流血已不能征讨人类需要一个平凡的神的思想力。

那时是人文主义的世界，我们在分析宗教的时候，发现基督教义中谈到了战争，提到如果战争不可避免，获胜的一方要善待俘虏。关于善待俘虏的话一直到今天都存在，这是全世界的共识，我们没有改变这一点，我们继承了这一点，我们认为这是人类的文明。还有，获胜的一方有义务保护失败方的妇女和儿童俘虏，不得杀害他们。这是什么？是早期的人道主义。还提到富人要对穷人慷慨一些，要关心他们孩子上学的问题，关心到他们之中麻风病人的问题。后来，萧伯纳也曾谈到过这样的问题，及对整个社会的认识，认为当贫穷存在时，富人不可能像自己想象中一样过上真正幸福的日子，请想象一下，无论你富到什么程度，只要城市中存在贫民窟，在贫民窟里有传染病，当富人不能用栅栏把这些给隔离开的时候，当你随时能看到失学儿童的时候，如果那个富人不是麻木的，他肯定会感到他的幸福是不安全的。

我今天突然想到一个问题：英国、法国都有这么长时间的历史了，但我似乎从来没有接触过欧洲的文化人所写的对于当时王权的歌颂。但在孔老夫子润色过的《诗经》里，包括风、雅、颂。风指民间的，雅是文化人的，而颂就是记录中国古代的文化人士对当时拥有王权者的称颂。这给了我特别奇怪的想法，文化人士的前身，和王权发生过那样的关系，为什么会那样？古罗马在那么早的时期已经形成了三权分立、元老院，元老院的形式还是圆形桌子，每个人都可以就关系到国家命运的事务来阐述自己的观点，并展开讨论。在那样的时候，也没有出现对屋大维称颂的诗句，而《诗经》却存在着，因为我们那个时候的封建社会没有文明到这种程度。

被王权利用的宗教就会变质，变质后就会成为统治人们精神生活的方式，因此在14世纪时出现了贞洁锁、铁乳罩。当宗教走到这一步，从最初的人文愿望走到了反人性，在这种情况下出现的《十日谈》就挑战了这一点。因此我们才能知道它的意义。再往后，出现了莎士比亚、达·芬奇，情况又不一样了，我们会困惑：今天讲西方古典文学的人都会知道，莎士比亚的戏剧口充满了人文主义的气息，按照我们现在的看法，莎士比亚的戏剧都是帝王和贵族，如果有普通人的话，只不过是仆人，而仆人在戏剧中又常常是可笑的配角，我们怎么说充满人文主义呢？要知道在莎士比亚之前，戏剧中演的是神，或是神之儿女的故事，而到这里，毕竟人站在了讲台上，正因为这一点，它是人文的，就这么简单，针对神文化。

因此我们看到一个现象，在舞台上真正占据主角的必然是人上人，而最普通的人要进入文艺，需经过很漫长的争取，不经过这个争取，只能是配角。在同时代的一幅油画《罗马盛典》中，中间是苏格拉底，旁边是亚里士多德、阿基米德等，把所有罗马时期人类文化的精英都放在一个大的盛典里，而且是用最古典主义的画风把它画出来。在此之前人类画的都是神，神能那样地自信、那样地顶天立地，而现在人把自己的同类绘画在盛典中，这很重要，然后才能发展到16、17世纪的复兴和启蒙。我们今天看雨果作品的时候，看《巴黎圣母院》，感觉也不过是一部古典爱情小说而已，但有这样一个场面：卡西莫多被执行鞭笞的时候，巴黎的广场上围满了市民，以致警察要用他们的刀背和马臀去冲撞开人们。而雨果写到这一场面的时候是怀着嫌恶的，他很奇怪，为什么一个我们的同类在受鞭笞的时候，有那么多同类围观，从中得到娱乐？这在动物界是没有的，在动物界不会发生这样的情景：一种动物在受虐待的时候，其他动物会感到欢快。动物不是这样的，但人类居然是这样的。人文主义就是嘲弄这一点。

新中国成立以后的十几年间，由外国翻译过来的文学作品不像现在这样多，是有限的一些。一个爱读书的人无论借或怎么样，总是会把这些书都读遍的。屠格涅夫的《木木》和托尔斯泰的《舞会以后》给我以非常深的印象。

《木木》讲的是屠格涅夫出身于贵族家庭，他的祖母是女地主。有一次他跟着祖母到庄园，看到一个高大的又聋又哑又丑的看门人。看门人已经成为仆人中地位最低的一个，没有人跟他交往。他有一只小狗叫木木，当女地主出现的时候，小狗由于第一次看到她，冲着女地主吠了两声，并且咬破了她的裙边。屠格涅夫的祖母命令把小狗处死。可想而知，那个人没有亲情，没有感情，没有友情，只有与那只小狗的感情，但他并没有觉悟到也不可能觉悟到我要反抗我要争取等，他最后只能是含着眼泪在小狗的颈上拴了一块石头并抚摸着小狗，然后把小狗抱到河里，看着小狗沉下去。

还有托尔斯泰的《舞会以后》，讲的是托尔斯泰那时是一名军官，在要塞做中尉。他爱上了要塞司令美丽的女儿，两人已经谈婚论嫁。午夜要塞举行舞会，他和小姐在要塞的花园里散步，突然听到令人恐怖的喊叫声，原来在花园另一端，司令官在监督对一个士兵施行鞭笞。托尔斯泰对小姐说："你能对你的父亲说停止吗？惩罚有时体现一下就够了。"但是小姐不以为然地说："不，我为什么要那样做，我的父亲在工作，他在履行他的责任。"年轻的托尔斯泰请求了三次。小姐说："如果你将来成为我的丈夫，对于这一切你应该习惯。你应该习惯听到这样的喊叫声，就跟没有听到一样。周围的人们不都是这样吗？"确实周围的人们就像没有听到一样，依旧在散步，男士挽着女士的手臂是那样地彬彬有礼。托尔斯泰吻了小姐的手说："那我只有告辞了，祝你晚安！"背过身走的时候，他说："上帝啊，怎么会做这样一个女人的丈夫，不管她有多么漂亮。"这影响了我的爱情观，我想以后无论我遇到多么漂亮的女人，如果她的心地像那位要塞司令官的女儿，或者她像包法利夫人那样虚荣，她都蛊惑不了我，那就是文学对我们的影响。

我从北京大串联回来的时候，走廊里挂满了大字报，我看到我的语文老师庞盈，从厕所出来，被剃了鬼头，脸已经浮肿，一手拿着水勺，一手拿着小桶。我不是她最喜欢的学生，但我那时的反应就是退后几步,深深地鞠个躬说:"庞盈老师,你好!"她愣了一下,我听到小桶掉在地上,她退到厕所里面哭了。多少年以后她在给我的信中说:"梁晓声,你还记得当年那件事吗?我可一直记在心里。"这也只能是我们在那个年代的情感表达而已。那时我中学的教导主任宋慧颖大冬天在操场里扫雪,没有戴手套,并且也被剃了鬼头。我跟她打招呼:"宋老师,我大串联回来了,也不能再上学了,谢谢你教过我们政治,我给你鞠个躬。"这是我们只能做到的吧,但在那个年代这对人很重要。可能有一点点是我母亲教过我的,但是书本给我的更多一些。

正因为这样,再来看那些我从前读过的名著时,我内心会有一种亲切感。大家读《悲惨世界》的时候,如果不能把它放在那个时代的文化背景里来思考,那么我们还为什么要纪念雨果?他通过《悲惨世界》那样一些书,使人类文化中举起人文主义的旗帜。他的这些书是在流亡的时候写的,连巴黎的洗衣女工都舍得掏钱来买。书里面写的冉·阿让,完全可以成为杀人犯的;里面最重要的话语就是当米里哀主教早晨醒来的时候,一切都不见了,唯一的财产也被偷走了。而米里哀主教说:"不是那样的,这些东西原本就是属于他们的。穷人只不过把原本属于他们的东西从我们这里拿走了。没有他们根本就没有这些。银盘子是经过矿工、银匠的手才产生的。"这思想就是讲给我们众多的公仆听的。正因为雨果把他的思想放在作品里面,一定会对法国的国家公仆产生影响,我们为此而纪念他。人道精神能使人变得高尚,这让我们今天读它的时候知道它的价值。

　　我们在看当下的写作的时候，会做出一种判断，那就是我们的作品中缺什么？也就是以我的眼来看中国的文化中缺什么？我们经常说，我们在经济方面落后于西方多少年，我们要补上这个课，要补上科技的一课，要补上法律意识的一课，也要补上全民文明素质的一课。但是你们听说过我们也要补上文化的一课吗？好像就文化不需要补课。这是多么奇怪，难道我们的文化真的不需要补课吗？

　　五四时期我们进行人文主义启蒙的时候，西方的人文主义已经完成了它的任务。也就是说我们的国家进行初期人文启蒙的时候，西方的文化正处于现代主义思潮的时期，他们现在可以为文学而文学，为艺术而艺术，为形式而形式，甚至可以说他们可以玩一下文学，玩一下文艺，因为文学已经达到了它的最高值。我们不会理解现代主义，因为我们从来没有完成过。尽管五千年中我们的古人也说过很多话，其中比较有名的如"民为贵，君为轻，社稷次之"。这时人文到了一种很高的境界，可它没有在现实中被实践过。当我们国家陷入深重灾难的时候，西方已经在思考后人文了，关于和平主义，关于进一步民主，关于环保主义，关于社会福利保障。

　　我和两位老作家去法国访问，当时下着雨，一辆法国车挡在我们的前面，我们怎么也超不过去。后来前面那辆车停下了，把车开到路边。他说一路上他们的车一直在我们前面，这不公平，车上有他的两个女儿，他不能让她们觉得这是理所当然的。我突然觉得修养在普通人的意识里能培养到什么程度。

　　前几年我认识了一个德国博士生古思亭，中文名字非常美。外国人能把汉语学成这样的程度是相当不易的。那天一位中国同学请她吃饭，当时在一个小餐馆里，那位同学说这个地方不安全，打算换个地方。走到半路，古思亭对她说："要是面好了，而我们却走了，这是很不礼貌的。我得赶紧回去把钱交了。"从中我们可以看出人文到底在哪里。

　　人文在高层面关乎国家的公平、正义，在最朴素的层面，我个人觉得，人文不体现在学者的论文里，也不要把人文说得那么高级，不要让我没感觉到"你不说我还听得清楚，你一说我反而听不明白了"。其实人文就在我们的寻常生活中，就在我们人和人的关系户，就在我们人性的质地中，就在我们心灵的细胞中，这些都是文化教养的结果，这也是我们学文化的原动力，而且是我们传播文化的一种使命。

　　我最后献给大家一首诗：我是不会变心的／大理石／雕成塑像／铜／铸成钟／而我／是用真诚锻造的／假使／我破了／碎了／那一片片／也还是／忠诚。

答众学子问（节选）

问：老师，你为什么认为中国人要补上好人文化一课？

梁：因为社会变得太冷感了，文学能否起到增加一些温暖元素的作用呢？我认为能。除了《解放日报》上的那篇文章《中国要补上好人文化一课》，在这本书里还有一篇关于文化的思考，也是谈的好人文化，这是我最近一个时期和以后创作的一个支点。我所提出的"好人"，我在答记者问的时候，已经给它界定了。不是生活中的老好人，我所言好人其实是早在近一个世纪以前，比中国"五四"更早一点，俄国的车尔尼雪夫斯基提出的"新人"的概念。然后，也是中国的梁启超们提出的"新民"的概念。其实雨果也提出了这个问题，就是要用文学来改造，来至正人性。西方有一种理论，在普世价值中，自由是放在第一位的，自由、平等、博爱，博爱是放在后边的。在中国传统文化中，泛爱众，或者博爱，是放在第一位的。我个人的观点，人性善还是要放在第一位的。人道主义，也即善，它是好人即新人的第一要素，如果没有善的前提，自由的人性其实会变为相当糟糕甚至可怕的事情。只有在善的前提下，自由本身才有了更符合社会进步的原则。所以我理性上会提出好人文化。好人文化其实就是我所主张的新人文化。

我小的时候经历了三年饥饿年代。城市人口粮食定量很低。我们家男孩子多，要申请补助。某天，快到月底，已经没有粮了，母亲刮面袋子，做了一盆疙瘩汤。这时有讨饭老大爷出现，因为家里再没有其他可吃的了，母亲只得让出一个座位，说那您老只能坐下和我们全家一起吃吧。事实上，他是把母亲应该吃的最后那碗疙瘩汤吃了，母亲那天饿了肚子。再申请粮食补助的时候，街道就不批了，说如果你们家粮食不够吃，怎么会收留了讨饭的。这件事给我留下很深的印象。生活中这样的影响，是母亲的言传身教，它很重要。《母亲播种过什么》一文是母亲去世后，我回去操办母亲葬礼的时候有感而写的。母亲有很多干儿子干女儿，实际上是整个街区的这家或那家的男孩儿女孩儿。他们没有下乡，但是哥哥姐姐都下乡了，他们有的有工作，有的没工作，这些青年迷茫，因此他们到我家里来，我母亲就会将他们当成自己的孩子一样。因此当母亲去世的时候我回去面对那么多人都叫我"二哥、二哥"，这个是干儿子，那个是干女儿，十几个。母亲就是这样的一位母亲，对我是有影响的。

第二点就是文学的影响。文学的影响主要分两方面。一方面是传统文学的影响，比如说《秦香莲》。这个故事给我的印象最深的其实是韩琦。韩琦是陈世美家的家将，是驸马府的人，陈世美命他去斩杀夫人和两个孩子。当韩琦了解了情况之后，不忍杀，也难复命，他就自杀了。我曾写过一篇杂文，叫《论不忍》，就是不忍心，可见我对这些是关注的，人一定是要有不忍的。在《论不忍》中，还举到另一个例子，就是战国时期，跟《赵氏孤儿》的那个故事差不多，相近的年代，奸臣派家将去刺杀一个忠相，家将发现宰相家里非常简朴，宰相夜深了仍在秉烛办公，这时候他意识到这个宰相可能是一个好人。于是他自己以头撞柱而死，也是以他的方式告诉那个宰相要提防了。我论不忍，意在强调人要有不忍的底线，如果没有，那这些故事也不存在。如果这些故事也不存在，结果便是命我杀就杀。如果这种逻辑成立并泛滥开来，那社会肯定是令我们沮丧的。

至于西方文化，雨果对我的影响很大。《悲惨世界》中米里哀主教则是冉·阿让由一个苦役犯最后变成那样一个接近大写的"人"，也就是像米里哀主教的人，是米里哀主教的善影响了他。沙威也像韩琦，或者像刚才说的那个战国故事里边的人物，他一直追捕冉·阿让。但是最后当他明白冉·阿让不是社会和国家的敌人时，他投河自杀了。我们现在来看，以雨果的智商，他不会没有意识到自己太理想化了。不是所有的主教都会像米里哀，不是所有的苦役犯都会像冉·阿让，更不是所有的警长都会像沙威。明知如此，雨果还是要把人性善，通过他的作品摆放在那样一个高度。而那样一个高度，对后人肯定是有影响的。它被改成戏剧，改成电影。西方人道主义价值观的确立，至少在法国，雨果是功不可没的。我没成为作家之前，还是中学生的时候，所看的，对我造成影响的，再有就是托尔斯泰的《舞会以后》。主人公伊凡在边塞做副官，他爱上了边塞司令官漂亮的女儿。在司令官的花园里举行聚会时，这一边是绅男淑女们相互碰杯，说笑，调情，那一边突然传来鞭笞声和哀号声。原来在执行鞭笞，惩罚一名开小差回家看自己生病儿子的士兵。年轻的伊凡不能忍受，他就向小姐，也就是他的未婚妻请求：请你的父亲停止行刑，他是可以原谅的。小姐却说，我的父亲在工作，士兵是不能原谅的，惩罚他是我父亲的责任。伊凡吻了她的手，转身离去，并在心里说，即使她是天女下凡，我也不能够和她结为夫妇，因为她不善。当年轻的时候，读到这些故事，我不可能不受影响。还有两篇作品，一是《比埃洛》，内容是这样的：一个乡村的女地主，为了防止花园里的蔬菜被偷，又要省钱，就捡了一条流浪小狗，给小狗起名叫比埃洛。比埃洛给她带来很多欢乐，但是收税人来说，你要交八法郎。在钱和这只小狗之间，她要做出选择了。她觉得钱是不能交的，但是这只小狗认家了，那只能把它遗弃到回不来的地方。她想到一个废弃的矿井，这个废弃的矿井是人们经常丢弃狗的地方，那里经常发出狗的哀号。就这件事，也要花五生丁雇一个人来做，这钱她也舍不得花，她就亲自去做。她有一个女仆，在莫泊桑笔下女仆是爱小动物的，心肠也善良，叫洛斯。洛斯头天晚上给小狗喂了一顿面包泡肉汤，怕它路上受惊，将它放在小篮子里盖上布，陪着女主人一起去把小狗扔下了。小狗当然惊恐哀叫。两个人回去都没有睡好觉。第二天，这个女地主去看比埃洛，她带着面包不断地往下扔，同时她在井边说，我一定要使你在临死之前的每一天都是快快乐乐的。因为它肯定要死，她还是不打算救它，但是她的良心，觉得我这样做了，就安了。她第一天去了，扔了面包，回去她就睡觉了，但是等隔两天她再去的时候，发现那个井里边已经不是一只狗了，是两只。又有了一道粗厚的、洪亮的、大狗的声音。面包一投下去，就听到狗们在打架，以及比埃洛的哀号声，这时她想我可喂不起两只狗，心安理得地转身走了，一路走一路吃着带去的面包。我们明白莫泊桑是通过这个故事写金钱对人性的异化。我小时候看过这个故事后，把它的结尾改变了。因为我也有不忍。比埃洛的命运刺疼我的心，我虽然承认不改更有批判的力度，但是我想既可以批判，也可以保持温暖。所以我让女地主掉下了矿井，大狗要攻击她，而比埃洛这小狗竟保护她。人和狗都被救上来后，从此她就不再抛弃比埃洛了，而且比埃洛一直伴随她终生。我为什么要这样改呢？这样改肯定对原作的深刻性会有伤害，结尾变成了我们所说的"光芒的尾巴"，但是这个光明，它是人性的光明。我宁可使它的深刻性受损一点点，也要让疼感少一点让温暖多一点。再说《木木》。《木木》的故事可能你们都知道的，屠格涅夫的外婆是女地主．庄园里有一个聋哑的农奴叫格拉西姆，他曾爱上一个洗衣女工。女地主把女工嫁给了醉鬼，那么他就移情爱了小狗，他养了它，相依为命。因为他哑，发出"木木"之声，小狗就过来了。别人不跟他交流，小狗是他唯一可以交流的。有一天女地主到庄园来，被小狗咬了裙子。女地主下令把小狗处理掉，就是弄死，而且要由格拉西姆亲自来处理。小说中写格拉西姆划着小船，把木木抱在船上，木木没有怀疑，狗是不会怀疑主人的。他给狗的项颈上拴上绳子，一端栓了砖头。小狗一直在看着，以为主人要跟它玩游戏，直到他把小狗捧在手上，放入湖中那一刹那，狗眼望着他，眼神都是信任的。当然小狗死了。屠格涅夫要由此来表达农奴制异化人性的可恨。因为是命令，我是农奴，一切都要服从，不管我多爱这狗。他要表达的是这个，这是我们都知道的。但是对于我可能也会有不忍的那一面，在少年的时候就曾经把结尾给改成：他并没真的把木木放入水里，过了几天人们在别处看到了又聋又哑的他，到处做工，后面跟着一只小狗叫木木；又不久，农奴制宣布取消了。我在成为作家之前，少年时就是这样看社会看人生的。

再回溯一下我的人生经历，可以读一下《从复旦到北影》。我从团部下到一个木材加工厂抬木头，起初是因为一件鹤岗青年腿砸断的事儿，要不要开除他团籍的事儿，我反对，结果从团部到了木材厂。当时有名女知青，十八岁多一点，是新华书店的售书员。我跟她不太熟悉，但我认为，从团部精简下来，她心理承受力要很强的。所以我陪着她，送她到四十几里外的她姐姐的连队。在生活中，我会这样去做的，会这样做，因为我读的那些作品，已经影响了我。

事实上，在成名以前，写作的时候，其实我理念已经那样了。只不过没有概括出来，但已在不自觉地那样做了。一篇极短的小说叫《交情》，就是写"文革"中一个老工人和一个老干部之间结下的友谊，"文革"结束之后，这种友谊还持续，可是下一代开始利用这种友谊了。友谊怎样被利用呢，也只不过为了买一台十四寸的黑白电视机。因为当时电视是凭票，老工人感觉到自己曾经那么看重的那段友谊，被儿女所用，他伤感，又无法来说。另外还有《椅垫儿》，这都是在成名之前，跟你们一样刚开始习写时的作品。《椅垫儿》写"文革"中作为干部的父母挨斗，儿女们还未成年，但是家里的老阿姨照看了他们十年，"文革"结束后，要落实政策了，父母都不在了，要补发工资，要给大房子。这时，作为儿子，已经感到老阿姨老了，没用了，就逐出家门吧。老阿姨也无奈，倒是女儿觉得不能这样，她就想到她这么多年坐的那个椅垫儿，是在特殊年代，老阿姨用布片儿给她做成的一个椅垫儿，怕她受寒啊。所以女儿把老阿姨接到自己家里去了。还有一篇《长相忆》。《长相忆》是写我们的一个邻居陈大娘。我后来视她为义母。这种关系，那篇作品写得比较详细。那个院落动迁了，就我们两家还留在那儿，不是钉子户，是因为最初不想动迁我们，但周围都是工地了，就像现在拆迁的那种地方，你就等于生活在工地之间了，一到下雨挖壕沟渗水，我们两家的房子本来就矮就破，地上有水，只能搭上跳板才能走。就剩下这么一个陈大娘家，我那时候上学回来的时候，因为母亲在上班，一回到家里没吃的，就会到陈大娘家，掀开锅盖，有什么吃的吃什么。总之是这样一种关系，当年不会有特殊感觉。从小我家与她家就相依为命抱团取暖。成了作家认识到这种关系弥足珍贵，它在民间是弥足珍贵的，因此我会写一篇《长相忆》纪念陈大娘。除了这篇，我还写过一篇散文《感激》，其中我提到我要感激许多人，都是真名，其中就谈到一个王阿姨，她在街道办事处发票证什么的，发豆腐票、糖票、酒票、烟票啊，偷偷就给我们家多一点豆腐票。这种事，一般人经历了也不应该忘，能写作的人经历了，就要把它写出来，写出来让别人都知道。它原本在民间是那样的，所以我一直强调，民间有一种它特殊的原则，不是任何外力能够轻易摧毁的。整个国家整个民族就是建立在底层之上的。底层像积水岩一样一层一层地积淀着。整个国家都是建立在这个基础上的。不管经历什么，这底层的积水岩保持着的话，人心就不至于完蛋。我一直深信并且强调，我所主张的好人文化，它一直成为底层的最主要的原则，如果底层没了这个原则，那整个国家就完了。

还有电视剧《知青》，你们只记住这么一个镜头就是了：排长，因为写了纪念周总理的诗，被公安机关给逮捕了。然后班长和几个战士在半路拦住警车，要求打开手铐，要求和他们的排长话别。公安同志居然同意了。中国观众，包括知青，大多数知青都认为这不可信，生活中才不是那样。这里有一个问题，我也知道生活中绝对不是那样的，生活中一个命令说不许送，那不管和他多好，就不能送，生活中说揭发他，那就揭发他，说批判他，也就批判他。但是从前生活中那样，以后他就应该那样吗？人就应该一直那样吗？文艺作品不但要表现人在生活中是怎样的，更主要的还是要表现人在生活中应该是怎样的，文艺作品高于生活，恰恰就高在我们应该是怎样的。这是多少人不明白的道理，这也正是雨果想的。还有一个问题，实际这些作品达到了作者所想的那种影响了生活的目的没有呢？老实说，我也不知道。但是我想，当人们看的时候，那些人不感动，认为虚假，也可能另外一些人就感动了，感动了就是影响了。正如雨果的作品当时许多人看了也会觉得太理想化了，但是我们今天纪念他，还是有一部分人感动了。人在生活中应该是怎样的，而没有那样，我们人性应该放在作品中，把我们对于人性的温暖的那个社会位置，放在那里。这种理想主义应该是文艺的永远不放弃的一种责任。它和批判的责任是同等重要的。

我们这个国家的作家跟其他国家的作家不一样。我总是要叩问我的创作放在这个国家的文化背景下，它究竟能起到什么样的作用和意义？我们的作品往往只写人在现实中是怎样的，不太自觉地写人应该怎样。文化完全放弃人在生活中应该是怎样的这一点，将来这个民族文化完全会是一个问题。甚至我很难想象，若干年以后，如果我们的文化完全变成娱乐文化的话，十四亿人，文化都是娱乐的，在文化中看到的都是人在生活中是怎样的，而这个是怎样的，又由于创作者的眼不能发现那些生活中存在过的真、善、美，一味地、不断地重复假、恶、丑。在重复的过程中认为，应该是那样的，那这个国家就很糟了。这种不断重复，实际上会形成一种暗示，人在生活中可能就应该是那样的，最后不变成那样才傻，最后变成我那样才是天经地义的。这委实不好。

有两个概念，一个概念是，人是无法选择时代的；另一个概念是，任何个人在极不堪的时代面前，他都是脆弱的。在这种以卵击石的状态下，人只能靠自己的坚韧，去保持最低的那种状态。这有时候从理论层面很难说清楚，只能举一个例子来说，比如说伽利略。伽利略发表他的学说之后，宗教要判他刑罚，人们幸灾乐祸，当然肯定也有支持他的青年。伽利略如果不向宗教屈服，他有两个选择，一个是被绑上火刑柱，烧死，而他的学说也没能最后完成；还有一个选择他屈服了，屈服之后他一切都忍下来了，但是他的信仰没有变，他在默默书写。包括女儿都开始轻蔑他，大家都希望他从容赴死。但是为了学说他可以苟活。布莱希特在导《伽利略传》这部戏剧的时候，所要挖掘的就是特殊的勇敢，它和赴死是一样勇敢的，因为他背后有一个学说。当然这里还有一点，首先看你的底线是不是危及别人。我的创作原则是，我会通过我的作品挖掘一种人性的无奈，我要挖掘出，那直接是要批判的，批判时代本身，这种压力本身是一个不堪的年代造成的。还有一点我一定要大力地歌颂，少数人的坚持，但是当大家都已经对那个时代，它的负面、它的残酷，等等，呈现很多的时候，我可能就不把重点放在那方面，因为不用我再去说，很多人已经说了，我还去通过文学呈现干吗？它已经在那儿了，它已经有了共识了。而后一种情况，如果没有的话，那这个民族会被认为是非常令人失望的民族，他的眼睛不能发现人世间的崇高。而它存在于那儿，一般人可以不发现，但是文学家的眼要发现。着力地呈现它会出现一种情况，它和许多个人的感受会有区别，一个人不是作家，他只在意现实中的人曾经是怎样的，他认为文学就应该是那样的，他不知道文学还有另外一个功能，那个功能可能更重要，就是人也应该是怎样的。人曾经是怎样的，和人应该是怎样的，这是两大同样重要的问题。而我们这个民族，你看一下，我们全部的作品在人应该是怎样的这一点上，一度曾做得相当不够。就这一点而言，我甚至可以很骄傲地说，我远比他们思考得要成熟得多，我不断地在写人应该是怎样的，你看完书的人，想想我应该是那样的，这是文学影响的重要性。这一点事实上又不是一种很高级的思想，你要看雨果的话，没有几个主教是米里哀主教那么好的，没有几个苦役犯是冉·阿让那样的，也没有几个警长会像沙威那样宁肯自己去死，很少。但那是人应该的状态。我们现在缺的就是这个，我们全部的文艺，包括研究缺的就是这个。

这个不可以跨越的"文革"历史，我的观点是这样，我在前天参加作品座谈的时候也谈到这一点，就是说，为什么我这一代作者要不断地在作品中表现"文革"？有一种观点认为，是不是对当下关注得不够？还有一种观点认为，"左"一点的评论会认为，眼睛像长了钩子一样，就记住了我们的"文革"！事实上不是这样的。当我们考察人性，它所能达到的善和它所能达到的恶，只有放在极特殊的环境下，才能看得更清楚。也就是说，在今天的社会环境里，你如果做好事，行善，是没有太大争议的。没有人在今天做了好事、善事而对自己不利。也就是说，授人玫瑰，手留余香这句话，可以实行。最多人们误解你，说你作秀。但是在从前可不一样，从前你要同情一个被打入另册的人，暗中帮助他、划不清界限等等，那是要给你的命运带来极大危害的，因此也只有在这种情况下强调，那还行不行善，那还保留不保留同情？你一旦同情了，你会和对方一样的命运，你还同情吗？也只在底线上来叩问，同情和善，它才显得更有意义，所以不断地再把它回到"文革"那个时期，善对人性的考验会更大。

这是我第一次对你们讲过的。因为人们不太容易理解。《知青》是个特例，它播出之后，估计不会重播了。在《年轮》中我写到一个区委书记的女儿，也是一个思想很革命的人。但是她爸爸经常问她，班级怎么样，老师怎么样，对不对，她去跟父亲讲，她父亲最后就作为情况掌握，最后她的班主任老师被打成右派，没了工作。这女儿就哭了，回到家里说爸爸出卖了她，她父亲就跟她讲，你不懂，这是政治，这是爸爸的工作，等等。但《年轮》正因为是这样的，当年，在其他省播出的时候是把前面砍掉了的，是把这一部分砍掉不播的，只播后来的。曾经是不允许评奖的。这使我给当时的中宣部部长丁关根写信，进行了严正的抗议，后来又补上奖了。

问：好人文化会不会纵容人性恶？

梁：我在《解放日报》那篇文章中，谈到歌德说我们对于好人文化，对于善，对于人应该怎样，怎样的一个人更符合一个现代的、文明的、新社会的人的标志。我们对于这个文化任务一旦放弃的话，人性可能又相当迅速地回到原点的状态，因此我们会不会觉得全世界都面临着一个后文化时代的状态。甚至有一天可能全世界都会从文化上来进行思考。歌德曾说："我们实际上在做前人一向做的事。"

经历"文革"的中国人，不是所有的人都在反思。有相当一部分人是不可能产生反思的，他们丧失了反思的能力。当然我赞成必须反思，因为那是对普遍的人性造成的伤害。当我们在谈到反思"文革"的时候，经常说"文革"对普遍的人性造成的伤害，因此这场运动是应该被否定的。当我们这样来表述的时候，其实真相可能是，反思并不普遍。当我们粉碎"四人帮"后，看到新闻纪录片里，天安门广场上一些人载歌载舞欢庆的时候，它并不代表着全部的中国人。为什么呢，你在欢庆，肯定就有另外的一些人，心中在纠结，因为在此之前，他们可能正在红色列车上，是最如鱼得水的。

这是中国特别奇特的一个地方，那么多人经历了"文革"，整整那一代人经历了"文革"，但是你从许多作品中很少看到有忏悔。这是中国的一个问题，都想忘掉别提了。我个人曾经有一个观点，就是在这种运动中，凡是以暴力的方式对待别人的人，跟他头脑中的任何忠与不忠，或者革命啊，太革命了，跟这些毫无关系，我直接的界定就是盲目与邪恶。这种恶也可以叫作青春期暴力倾向。我们如何疗治当下中国问题，"文革"给我们的启示是，不可以是那种方式的。经历过"文革"的人，非常警惕"文革"，一直想要告诫下一代，不可以重复。

初中毕业的时候我差不多已经把哈尔滨市的书都读遍了，不是大图书馆的那些书，只是书店里罗列的书。但是当年书店里罗列的那些书，不会比我们教研室书架的书多多少。因为1949年以后我们出的小说加上我们翻译过来的名著，六七十本而已。在哈尔滨市最大的书店也就是四五十种名著放在那儿，其中一半儿是我们国产的，另一半儿是苏联的和欧美的，因此你就完全可以读完。由于我读欧美的和苏联的多一些,苏联的也就十几部,更多的读俄罗斯时期的,托尔斯泰、车尔尼雪夫斯基、莱蒙托夫、普希金、屠格涅夫、陀思妥耶夫斯基的作品等等,当你读了那些作品,非常强烈的人道主义就在头脑中打下了烙印。什么都别说,是否人道,以此作为标尺。也可以用到"洗脑"这个词,我这个少年被人道主义"洗脑",哪怕是一个贼,对他也有一个你的做法是否人道的问题。以这样的眼来看世相,当时就会有一种区别于同代人的立场。人道主义的原则,它会促使人如何行事呢?智利曾经有一位总统,在革命的时候,三个亲密战友中的一个背叛了,被捉住了,要处死。我们的革命有时候很残酷,会株连家庭。叛徒请求说,能不能不让我妻儿知道,就告诉他是可以的。你看,这种思维,使革命与革命很不同。

"文革"结束后,接着是市场化,商业时代。你就是用任何其他的思想来这么快速地来填补都是不可能的。所以中国才会出现有老人讹诈中小学生这种事。一个人活到老了的时候,一般来说应该是向善的。因为他的经历多了一些。所以我个人觉得讨论这些的话,总归是好嘛,就是重视。但是这些都不构成评价我们整个民族和世界其他民族心性相比较的差异性,是一种什么样的状态。因此也可以说,古今中外的好人,都是差不多的。古今中外很邪恶的人,也都是层出不穷的,中国有,国外也有。但为什么说这个国家民族心性好一些,那个国家差一些,恐怕更多的是从我们这些既谈不上是君子,同时也绝不是邪恶人的这一部分人,总体来比较的那种差异。而中国可能就差在这个方面。文化所能教育的也只是这个方面。因为一个人本身就很好，文化对他的影响只不过使他更好。那种很坏的人也不是文化能够改变的，但是大多数人，不好不坏的人，好人文化或可使之趋向于好……

图书在版编目（CIP）数据

明白了 / 梁晓声著. -- 北京：北京联合出版公司，
2022.2（2022.2重印）
ISBN 978-7-5596-5285-0

Ⅰ.①明… Ⅱ.①梁… Ⅲ.①散文集 – 中国 – 当代
Ⅳ.①I267

中国版本图书馆CIP数据核字(2021)第271640号

本著作物经北京时代墨客文化传媒有限公司代理，
由作者梁晓声授权在中国大陆出版、发行中文简体字版本。

明白了

作　　者：梁晓声
出 品 人：赵红仕
责任编辑：夏应鹏
封面设计：棱角视角

北京联合出版公司出版
（北京市西城区德外大街 83 号楼 9 层　100088）
北京时代华语国际传媒股份有限公司发行
北京盛通印刷股份有限公司印刷　新华书店经销
字数180千字　880毫米×1230毫米　1/32　8印张
2022年2月第1版　2022年3月第2次印刷
ISBN 978-7-5596-5285-0
定价：49.80元